神様の御用人10
浅葉なつ
Natsu Asaba

目次

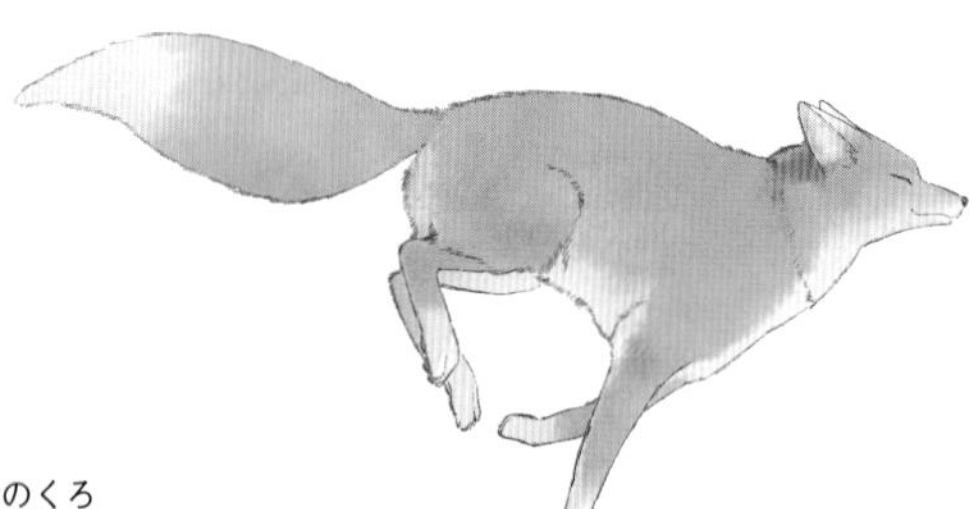

イラスト：くろのくろ
デザイン：髙橋郁子

神様の御用人 10

浅葉なつ
Natsu Asaba

主な登場人物

萩原《はぎわら》・良彦《よしひこ》——● 本編主人公。26歳のフリーター。神様の御用を聞く「御用人」に任命され、全国を飛び回っている。いなくなった黄金を探して、大国主神《おおくにぬしのかみ》とともに自ら荒脛巾神《あらはばきのかみ》の元を訪ねるが——。

黄金《こがね》——● 方位の吉兆を司る、狐の姿をした方位神。その正体は、国之《くにの》常立神《とこたちのかみ》の眷属神である金龍。同じ眷属神の黒龍に取り込まれ、生死不明。

藤波孝太郎《ふじなみこうたろう》——● 良彦の昔なじみで、大主《おおぬし》神社の権禰宜《ごんねぎ》。容姿端麗で外面はいいが、内面は超現実《スーパー》主義者。

吉田穂乃香《よしだほのか》——● 大主神社の宮司《ぐうじ》の娘。大学一年生。神や精霊、霊魂などを視る「天眼《てんげん》」の持ち主。怪我をした良彦の役に立とうと動き出す決意をする。

四柱　抜けない刀

一

　そこは一面の草原だった。小鳥のさえずりもなければ虫の羽音も聴こえない。建物はおろか木の一本もなく、ただ時折柔らかな風が頬を撫《な》で、空をゆっくりと泳ぐ雲の影が大地に落ちるだけだ。音羽《おとわ》の姿の黒龍《こくりゅう》は、自分の肩を抱くようにしてうずくまっていた。自ら創り上げた精神世界の中で、傀儡《くぐつ》が受けた傷が、思いの外自分にも反映されてしまっている。本来であればこちらは無傷でいられるはずが、少々同調しすぎてしまったようだ。幸い大した怪我《けが》ではない。大国主神《おおくにぬしのかみ》たちもどうにか追い返せたので、ひとまずは静養できるだろう。

　黒龍の目の前には、巨大な水晶の塊の中に閉じ込められた、金色の狐《きつね》がいる。それは、金龍《きんりゅう》の『心』とも呼べるものだ。彼を呑《の》み込《こ》んだことで体は仮結合しているが、心まではまだ『ひとつ』になっていない。このままゆっくりと自分の中に吸収され、ふたつの龍はひとつに戻るのだ。微動だにしない狐からは、もうほんのわずかな意識しか感じ取れなかった。

「……悔しいか、西の兄弟」

誰もいない世界で、黒龍は呼びかける。

「御用人を追い返してやったぞ。もはやお前には無用のものであろう？」

赤い唇が吊《つ》り上《あ》がって笑みを刻んだかと思うと、次の瞬間黒龍は、右の掌《てのひら》を金龍に向けた。そこに凝縮された力は感情に任せて数十発放たれ、その度に水晶にはひびが入り、砕けた破片が辺り一面に飛び散った。金龍に当たる寸前のところまで水晶を砕くと、黒龍はようやく肩で息をしながら腕を下ろす。

「……なぜだ、兄弟」

掠《かす》れた声で、黒龍はぽつりと口にする。激しい衝撃を受けたにもかかわらず、狐は動く気配すらない。

「ひとつがふたつになった我らであるというのに、どうしてこんなにも違うのだ」

思えば、昔からそうだったのだ。

何をやってもそつなくこなし、生真面目で、正しい道を堂々と歩いていく金龍。ひとつの龍の鱗《うろこ》の色を分けただけだというのに、黒龍はいつも金龍の陰に隠れがちだった。姿も、能力も、何が劣っているというわけでもない。兄弟のただ真《ま》っ直《す》ぐに役目を全うする姿が眩《まぶ》しく、誇りにすら思っていたはずなのに、いつしかその眼差《まなざ》しは卑屈なものに変わっていった。

「私は……子らを失《な》くしたというのに、どうして兄弟には御用人がいる？」

いるだけならかまわない。時代が変わり、守護の役目も移り変わって、御用人のお目付け役をやっていただけならかまわないのだ。そういう役目であるのなら。

けれど御用人は、あろうことか兄弟を迎えに来た。

『大建て替え』を起こさんとする神の元へ、恐れもせずに。

自分にはもう、誰も。

誰も会いに来る者はいないのに。

「なぜだ、兄弟……」

黒龍は水晶越しに金龍に触れる。憎みたいわけではないのに、彼の傍《そば》にいると劣等感ばかりが膨らむ気がした。人間の里に下り、赤ん坊を育てて暮らせば、金龍すら辿《たど》り着《つ》かなかった根源神の意図がわかるのかと、そんなことすら考えていたこともあった。金龍がひとつの家族を目にかけ、けれど見殺しにしてしまったことを知り、今度こそ自分たちは横並びになったと思った。大切なものを失くした者同士、ふたつでひとつの龍であると。

水晶の中の金龍は、固く瞼《まぶた》を閉じたまま動かない。忘れていた記憶を強制的に引き出され、まだ混乱の中にあるのだろう。それとももう、それを受け止めることすら億《おっ》劫《くう》になってしまったのだろうか。

「兄弟、どうか……どうか早く……」

ひとつになってしまえばきっと、この底のない沼のような感情からも解放されるはずだ。

黒龍は偽りの空を見上げる。

鳥の飛ばないそこに、子らの笑い声は聴こえなかった。

⛩

「何度来ても同じことだ」

聡哲《そうてつ》が御用人だという男を連れてきた数日後、今度は天眼《てんげん》の娘が聡哲とともに坂上田村麻呂《さかのうえのたむらまろ》の社を訪ねてきた。

「私がお前たちに手を貸すことはない。協力を頼むなら他の神にしろ。お前たちだけでなく、ここに来る暇な者は他にも多くいる」

御用人が訪ねてきて以降、田村麻呂の元には何柱かの神々の訪問があった。皆が口をそろえて、荒脛巾神《あらはばきのかみ》の討伐に協力しろと言ってくるので、辟易《へきえき》していたところだった。そこにまた、この訪問だ。

「お願いします。かつて蝦夷《えみし》と戦った貴方《あなた》なら、荒脛巾神《あらはばきのかみ》を説得することもできるんじゃないですか？」

天眼の娘は、その双眼にしっかりとこちらの姿を捉えて訴える。無謀にも荒脛巾神《あらはばきのかみ》に直接対決を挑んだ御用人は、大怪我をして意識が朦朧《もうろう》とした状態らしい。薄《う》っすら目を開けることはあっても、まだ意思疎通ができない状態だというが、聞けば医学の心得がある少彦名神《すくなびこなのかみ》をはじめ、錚々《そうそう》たる神々が彼の傍らにいるというので、命の心配はないだろう。人間のくせに無茶をするものだ。

——いや、それとも、そこまでして救いたかったのだろうか。

ふと思考に沈みそうになるのを振り切るように、田村麻呂は口を開いた。

「確かに私は蝦夷と戦った。蝦夷の母を荒脛巾神《あらはばきのかみ》とするなら、神と戦ったと言い換えることもできるだろう。しかしだからと言って、お前たちに協力する気はない」

何度言えば、わかってもらえるだろうか。

本来であれば、社に神として祀《まつ》られることにすら違和感を覚えているのに。

「どうしてですか？　このまま荒脛巾神《あらはばきのかみ》から黄金《こがね》様を引き離せなかったら、日本がめちゃくちゃになるかもしれないんです！」

緊張のためか、白い頰を一層白くして、天眼の娘は声を大きくする。それを、聡哲がおろおろとしながら見守っていた。

「『大建て替え』が起こるのなら、それがこの国の運命だったということだ」

田村麻呂は、灰がかった瞳で冷ややかに天眼の娘を見下ろした。落胆と絶望の混ざった色の目で、天眼の娘が責めるようにこちらを見つめる。

「……貴方は、ヤマトを守る大将軍じゃなかったんですか？」

今にも泣き出しそうな、震えた声だった。

「……好きで将軍になったわけではない。力を持たねば、成し得ぬことがあった」

田村麻呂は静かに拳を握った。

思い出したくはない過去が脳裏を走って、目を閉じる。

力を持ってなお、叶《かな》えられぬことがあったのだ。

本当は何を差し置いても、それこそ守りたいものだったのに。

「……穂乃香《ほのか》殿」

聡哲が、あきらめるように娘を促したが、彼女はその場から動かず、堪えきれなかった涙が一粒、地面に染みを作った。

そして、やがてぽつりと口にする。

「……私、良彦《よしひこ》さんと黄金様のこと……見てるだけで、元気や勇気をもらっていたんです」

涙声になりながら、彼女は続ける。

「神様と人間は、直接触れ合ったり言葉を交わしたりすることはできないけど、でも、それでも、こういう関係も築けるんだって。……小さい頃からずっと、神様は視《み》えていたけど、何もできなかった私は、それがすごく嬉《うれ》しかった……。御用のお手伝いができることが、すごく楽しかった」

肩を強張《こわば》らせて、彼女は再びこちらを見上げる。毅然《きぜん》という言葉には程遠いが、意地でも目を逸《そ》らすものかという強い意志を感じた。

「黄金様は今、荒脛巾神《あらはばきのかみ》に取り込まれてしまって、良彦さんの顔さえわからなくなっているんです。そんな悲しい別れってありますか？　さよならも言えないなんてあんまりです！」

そう叫ぶように言ったかと思うと、天眼の娘はその場に膝を突き、厭《いと》う様子もなく平伏《へいふく》した。長い黒髪が地面に落ちて、砂にまみれる。

「お願いします」

くぐもった声が、耳に届く。

「どうかお願いします。……貴方に、ひどいことを言ってるのは、わかってるんです」

傍に立ち尽くす聡哲と目が合った。彼は何も言わずに、複雑な瞳で一度だけ頷《うなず》いた。

そうか、それでもなおここに来たのかと、田村麻呂は再度平伏し続ける天眼の娘に視線を向けた。東征の結末は、調べればすぐにわかることだ。彼女はそれを知っているからこそ、こうして額を土につけているのだろう。

「お願いします……」

涙の混ざる声は、ただ田村麻呂を憂鬱にさせた。

⛩

父である苅田麻呂《かりたまろ》の盟友であった道嶋嶋足《みちしまのしまたり》が六年前に没し、その翌年には長岡京《ながおかきょう》の造営が開始された。新しい都として相応《ふさわ》しい場所であるかどうか、視察団の一員として派遣された父も、三年前に嶋足の元へ旅立った。その年を喪に服した田村麻呂は、翌年、禁中を警護する近衛将監《こんえのしょうげん》から近衛少将へと出世し、今に至る。桓武帝《かんむてい》が田村麻呂の能力を買ってくれたのであれば嬉しいことだが、やはり父の手前もあるのだろう。それとも、妹の又子《またこ》が入内《じゅだい》していることも影響しているのか。なんにせよ、桓武帝からは覚えのいい一族であることは確かだった。

その日、鷹狩《たかが》りに出かけた帝《みかど》の護衛を任され、無事に都へと帰ってきた田村麻呂は、自宅へ戻る前に一旦京内の詰所に顔を出そうとしていた。内裏《だいり》へ続く閤門《こうもん》の警備から、宮内、京内の巡検、犯罪者の追捕など、近衛府《このえふ》が抱える仕事は多い。夜になっても夜間巡検があり、今回はその人員采配の確認に行こうと思っていた。遷都してまだ五年ほどしか経《た》っていないが、平城京《へいじょうきょう》を真似《まね》て作られたこの都は、すでに長年そこにあったかのような顔で人々を迎え入れている。平城京でよく見かけていた異邦人の数も、それほど変わりないように思えた。遷都するにあたって新たに設けられた山崎津《やまさきのつ》から、川を上って直接京の中へ入って来られる利便性のおかげもあるのかもしれない。陸路しか使えなかった平城京を思えば、物と人の行き来は随分楽になっただろう。

「田村麻呂様！」

詰所の前で馬から下りたところを呼び止められ、田村麻呂は振り返る。ちょうど自分を追いかける形で、一人の若い男が駆け寄ってくるところだった。

「どうした、聡哲」

自分より十歳も若い彼は、陸奥鎮守副将軍《むつちんじゅふくしょうぐん》にも任命されたことのある、百済王《くだらのこにきし》俊哲《しゅんてつ》の息子だ。父が生きていた頃に、彼を介して俊哲と知り合い、ぜひ息子とも仲良くしてやって欲しいと頼まれて今に至る。出会った頃は大学寮《だいがくりょう》に通う前の幼い少年だったが、今は舎人《とねり》として宮中警護の一端を任されていた。

「そこの辻《つじ》でお見かけしましたので。今お帰りですか？」

「ああ、今日は鷹狩りの警護でな。相変わらず、帝の鷹好きには参る」

「お疲れでなければ、今夜お邪魔してもかまいませんか？　お父上のことなど、ぜひお聞かせいただければ！」

「お前も好きだな。父の武勇伝なら、本人からいくらでも聞いただろう」

馬の手綱を部下に任せて、田村麻呂は聡哲に向き直る。幼い頃から、戦や武具に興味がある彼は、実の父である俊哲や、苅田麻呂からもそのような話を聞きたがった。しかし本人の武芸はからきしだめで、本当にあの俊哲の息子かと怪しまれたことすらもある。ただ刀や弓などの目利きだけは優れているので、それを買われて舎人になれたようなものだ。

「苅田麻呂様からは、もっといろいろなお話をお聞きしたかったです……。きっと父もそう言うに違いありません」

苅田麻呂が亡くなったのはもう三年も前だというのに、聡哲は未《いま》だについ先日のことかのように肩を落とす。彼の父は、移住してきた俘囚《ふしゅう》たちと商いなどの交流をしたことで帝の不興を買い、二年前に日向権介《ひゅうがのごんのすけ》として遠い九州の地へと左遷されている。未だ入京は許されず、彼《か》の地《ち》で耐えている状態だ。息子まで責任が及ばなかったことは幸いだった。それでも京内の屋敷《やしき》は没収されてしまい、妻や聡哲の弟たちは一族の本拠地である交野《かたの》に戻ったと聞いている。聡哲は一人、兵士の寝泊まりする寮に入っていた。

「酒の用意をさせておこう」

父がいない寂しさもあるのだろうと思い、田村麻呂は快諾した。この人懐っこい子犬のような聡哲と話していると、不思議とこちらの心もほぐされるような気分になる。

田村麻呂に与えられた屋敷は五《ご》条大路《じょうおおじ》の近くにあり、妻や子どもたちとともに暮らしている。内裏に近ければ近いほど、身分の高い貴族の家が連なり、それはもはや藤原《ふじわら》という一族の代名詞でもあった。

「実は、私も噂《うわさ》を聞いたに過ぎないのですが……」

長岡京が夕闇に沈む頃、程よく酒がまわってきたところで、聡哲がそう切り出した。

「此度《こたび》の蝦夷攻め、朝廷軍に大きな被害が出ているとか。帝はさぞご立腹ではありませんか？」

季節は夏の盛り。都から見える周囲の山々も緑を深くし、そろそろ秋の虫が鳴き始めるだろう。

「その話なら聞いている。副将らの失策だとお怒りだ。ただでさえ此度の東征は、長岡京への遷都を揺るぎないものにするため、蝦夷を我ら共通の敵として、その脅威に打ち勝つことで人民の心をまとめようとなさっている。東北の黄金《おうごん》が欲しいだけの戦ではないからな」

田村麻呂は、杯の酒をあおる。蝦夷についてはいろいろと思うことがあり、帝の言葉といえど頷けぬことも多々あった。しかしいくら坂上が帝の覚えがいい一族とはいえ、それを進言できるほどの力は田村麻呂にはない。父の陸奥鎮守将軍就任に伴ってあの地を訪れたのは、もう二十年程前だ。あの頃は秋から冬にかけての半年しか滞在しなかったので、夏の今はどのような景色になっているのだろうか。きっと深い山々は、一層その色を濃くしているのだろう。

「帝に、東征をあきらめていただくわけにはいかないのでしょうか……」

聡哲が俯《うつむ》いて、ぽつりと口にする。長岡京から五十日以上はかかる遠隔地に住む人間のことなど、本来帝はさして気にも留めていない。ただそこを制することが、政治の道具となっていることは、貴族たちもわかっている。まして、先帝の時代からこれまでに何度も軍を派遣し、その度に制圧できずに帰ってきているのだ。さすがに誰も公で口にはしないが、もはやほとんどの者が、東征の指揮官に任命されてしまうことを避けたいと思っていた。

「聡哲は、東征には反対なのか？」

そう尋ねると、聡哲は少し考えるように視線を落とした。

「……私は、武具に興味はありますが、戦はあまり好きではありません。それは相手が蝦夷であろうが、ヤマトの民であろうが、同じことです」

それは、かつての陸奥鎮守副将軍を父に持つ者の言葉としては、相応しくないものだったかもしれない。そして、帝に忠誠を誓う者としても、不用意に口に出してはいけない言葉だ。しかしまぎれもなく、聡哲の心からの想《おも》いなのだろう。

「ただ、彼らの刀には興味があります」

「刀？」

「彼らの刀は太くて強く、こちらの刀が折られてしまうこともあったと父から聞いたことがあります。実は気になって、俘囚から買い取った刀があるのですが少し小ぶりで、あちらの頭領などが持っているような刀とは、きっと違うのだろうなと……。一度作っているところなどを見てみたいな」

腕を組み、聡哲は真剣な眼差しで最後をつぶやいた。刀のことになると阿呆《あほう》のように口数が多くなり、官営の鍛冶場にも暇さえあれば入り浸っているという。もはや貴族より、刀鍛冶の知り合いの方が多いと言っても過言ではない。しかしそんな彼も百済王氏《くだらのこにきし》に生まれた限りは、いずれどこぞの国司《こくし》に選ばれても不思議ではなかった。まして百済王氏《くだらのこにきし》といえば、彼の曾祖父である敬福《きょうふく》の頃より、東北支配において欠かせない存在となっている。いつかは彼もまた、東征の戦乱の中に巻き込まれていくのだろう。

「……蝦夷はな、馬を育てるのが上手《うま》いのだ。嵐にも怯《おび》えずに走る馬がたくさんいる。それに木の皮や動物の皮で着物を作る才にも長《た》けている。あちらは雪がたくさん積もるのでな、毛皮の着物がとても重宝するのだ。渤海《ぼっかい》との交易で手に入れた、見たこともない獣の毛皮も持っている」

当時を思い出して、田村麻呂は空になった杯に目を落とした。

今でも時々、あの頃のことを思い出すことがある。

「そういえば田村麻呂様は、多賀城《たがじょう》でお過ごしになられたことがあったのですよね」

「ああ、ほんの半年ではあったがな」

「以前、そのときに見た花の話をしてくださったことを、よく覚えています。蝦夷たちの母なる神のことも」

「懐かしいな、荒脛巾神《あらはばきのかみ》か」

あの花の色が脳裏に蘇《よみがえ》って、田村麻呂は微笑《ほほえ》む。あの年、晩秋から春先にかけての半年を東北で過ごした田村麻呂は、阿弖流為《あてるい》以外にも現地の蝦夷たちと進んで交流し、言葉を交わした。荒脛巾神《あらはばきのかみ》の花については、誰に訊《き》いても、蝦夷であれば大切にしない者はいないというほど、親しみと畏怖を込めて接するものらしい。あの花自体に、荒脛巾神《あらはばきのかみ》を見ているのだろう。阿弖流為《あてるい》が、荒脛巾神《あらはばきのかみ》は自分の母だと言った意味は未だによくわからないが、あの温かい掌で包み込まれるような風は、確かに母親の温《ぬく》もりに似ていたような気がする。

阿弖流為《あてるい》が自分の本拠地である胆沢《いさわ》へ帰った後、ありがたいことに、父の赴任中大きな戦は起こらずに済み、半年の任期を終えて都へ戻ることとなった。阿弖流為《あてるい》には結局別れを告げられなかったが、田村麻呂を何かと気にかけてくれた伊治呰麻呂《これはるのあざまろ》が、手紙を預かってくれた。またいつかそちらに行くことがあれば、今度は阿弖流為《あてるい》が連れて行きたかったという斎場に連れて行って欲しいと書いた手紙に、あえて返事は不要だと記した。皆麻呂は、必ずここへ戻ってきてくださいと、半ば涙ぐみながら別れを惜しみ、馬に乗って多賀城を去る自分たちを、いつまでも手を振って見送ってくれた。

――だが、その彼とはもう、二度と会うことはできなくなってしまった。

田村麻呂様、と聡哲の呼びかける声がして、田村麻呂は意識を過去からゆっくりと引き戻す。

「何か、思い出されていらっしゃいましたか？」

「ああ、少しな」

聡哲が、田村麻呂の杯に酒を注ぐ。

「私もできれば戦いたくはない。……ただ、それを決められるのは帝のみだ」

今回の東征では、朝廷側の中堅幹部にも多数の死者が出たという。そのことを、帝はどのようにお考えなのか。

そして阿弖流為《あてるい》は、今でも無事でいるのだろうか。

そんなことを考えながら、田村麻呂は聡哲が注いでくれた酒を飲み干した。

⛩

その年の九月になって、東征から軍が京へと帰還し、将軍から帝へ、任命の証《あかし》である節刀《せっとう》が返上された。しかしこの戦の結果を良しとしなかった桓武帝は、翌年より再び東征の準備を始めた。諸国に革甲や鉄冑《てつかぶと》、軍糧として糒《ほしいい》の用意を命じ、三月には日向国から百済王《くだらのこにきし》俊哲を呼び戻した。前回、思うように将が働かなかったことを踏まえ、東征経験者である彼に白羽の矢を立てたのだろう。

「きっと、誰も手を挙げなかったのだと思います。だからこそ、父が呼ばれたのかと……」

父の帰還を聞いても、聡哲は浮かない顔をしていた。次の戦に、誰が将軍として、そして副将軍として赴くかはまだ発表されていないが、おそらく俊哲は何らかの役職で参加することになるだろう。息子にとっては複雑かもしれないが、俊哲本人にとっては、名誉挽回《ばんかい》のいい機会になる。

「そんな顔をするな。父様が帰ってきたのだから、喜んでやれ。私もいずれ挨拶に行く」

田村麻呂はそう言って聡哲をたしなめた。そしてその翌年早々、田村麻呂は俊哲とともに、順調に戎具《じゅうぐ》（鎧《よろい》など）が作られているかどうかを確認するため、東海道《とうかいどう》へと派遣された。それがどういう意味を持つのか、田村麻呂は誰よりもわかっていた。またその頃から、帝が再び遷都を考えているという噂が流れ始める。帝にとっては、都を動かすことも、蝦夷の討伐も、所詮最前線には立つことのない、他人事《ひとごと》なのかもしれなかった。

同年七月、田村麻呂の予感は的中し、百済王《くだらのこにきし》俊哲らとともに、桓武帝の二度目の東征における副将軍として任命された。

再び東北へ、今度は軍を率いる首脳陣の一人として、赴くことになったのだ。

「田村麻呂よ、此度の戦、どのような策を考えている？」

長岡京から、東北の拠点となる多賀城までの道のりは、五、六十日前後かかる。先に多賀城へと入った将軍、大伴弟麻呂《おおとものおとまろ》の後を追う形で、田村麻呂と俊哲は翌々年の二月に東北へ向かった。北へ行くにしたがって雪が積もっている場所も増え、多賀城より北はさらに雪深いだろうと思わせた。

「策、でございますか……」

多賀城へ向かう道すがら、俊哲から戯れにかけられた言葉に、田村麻呂は白い息を吐き出した。

「実際に現地を見てみないことにはなんとも……。あちらの山々は、ここらよりよほど雪が深いはずです。冬の戦は困難でしょう」

今回の東北行きは、まだ正式な出陣ではない。軍を引き連れ、食料などを抱えて向かってはいるものの、弟麻呂はまだ帝から節刀を賜っていないのだ。いわば、下見と言える。

「ほう、では夏がよいか？」

「そうとも言えません。あまり暑い時期だと、兵の士気にも関わります。雪解け水が流れ切り、梅雨が来て川の水位が上がる前、その頃がよろしいかと。――しかし」

田村麻呂は、頭の中に幼い頃に見た多賀城周辺の景色を思い浮かべた。昔の記憶は鮮明ではない上、度重なる戦で変わったところもあるだろう。やはり現地をくまなく見て回らないことには、策の立てようもない。

「まずは一年をかけて地形を把握し、慎重に策を講じるのがよろしいかと思います」

「一年⁉　一年も無駄に過ごせと？」

俊哲が声を大きくする。先を歩いていた兵士が、ちらりとこちらを振り返った。

「無駄ではありません。冬は雪で道が埋まり、春は川が増水し、夏は草が伸びて視界を塞ぎます。秋になって木々が葉を落とせば、逆に丸見えになるものもあるでしょう。それらを頭に入れておかねば、進路も退路も行きようがありますまい」

自分たちは、蝦夷の庭で戦をするのだ。その庭のできるだけ細部までを把握しておかねば、いくら多くの兵士を投入しようと勝てるはずがない。

俊哲は、呆《あき》れたように馬上で脱力した。

「そういえばそなたは、そもそも蝦夷との戦に乗り気ではなかったな」

田村麻呂の父である苅田麻呂が、蝦夷である道嶋嶋足と親しかったことは彼も知っている。

「それは俊哲殿こそ」

田村麻呂の言葉に、俊哲は苦笑した。彼もまた、蝦夷が『敵』ではないことを知っている。ただし『朝敵』なのだ。日向国から呼び戻されたことを思えば、ここで活躍せねば帝に顔向けできなくなる。それだけのことだ。

「できれば彼らが、帰順してくれることを望みます。戦は双方に多大な被害をもたらします。どちらも望んで戦いたくはないでしょう」

本来、陸奥や出羽《でわ》国司などは、蝦夷に物や権力を与えて懐柔することを目的としており、戦は最終手段なのだ。すでに帰属した蝦夷の説得などに応じてくれる者が多ければ、戦わなくとも済むかもしれない。

「それができればよいがな」

俊哲が口にした言葉は、言外に理想論だと切り捨てるような響きがあった。父子ほど年が離れていることを思えば、田村麻呂が語る策など、俊哲にとっては戯言《たわごと》なのかもしれない。

「此度戦う相手は、そう簡単ではないだろう。先の将軍であった紀古佐美《きのこさみ》殿からは、一筋縄ではいかない相手だと聞いている。頭の良《よ》い者が指揮をとっていると」

将軍がそんなふうに言うとは、よほどのことだ。蝦夷もただ、手をこまねいているだけではないのだろう。

「どういう者か、わかっているのですか?」

興味深く田村麻呂が尋ねると、俊哲は髭《ひげ》の生えた顎をなぞりながら答えた。

「ああ、どうやらあの辺りでは名の知れた剛の者らしくてな。いくつかの集落の長と連携して作戦を立てているのではという話を聞いた」

俊哲は、さらりとその名を口にする。

「阿弖流為《あてるい》、という男だ」

⛩

あの男が生きている。

それだけではなく、今や朝廷に敵対する蝦夷の一人として、前線に立っている。

その事実が、多賀城に到着してからもずっと田村麻呂の心を捉えて離さなかった。

彼が生きていたことへの嬉しさもあれば、戦わねばならない口惜《くちお》しさもあり、軍議の間も今ひとつ身が入らず、田村麻呂は多賀城での日々を複雑な思いで過ごした。将軍、大伴弟麻呂は、副将軍たちから策を募り、前回の二の舞にはならぬと、相当鼻息を荒くしている。それに兵士を十万も率いてやって来ているので、一日だけで莫大《ばくだい》な兵糧が消費されてしまう。冬の間は現地調達もままならないため、将軍としてはさっさとけりをつけたいのだ。ただ、どうしても地の利がない朝廷軍にとって策は立てづらく、田村麻呂はとにかく急がないことだと言い続けた。

「まずは相手を知り、この地を知ることからです。そこに一番時間を割かねばなりません。急《せ》いてはまた、同じことの繰り返しになるかと」

首脳陣の中では一番年若い田村麻呂の言葉を、弟麻呂は苦い顔で聞いていた。口には出さないが、腰抜けだと思われていることがよくわかる。失望すら抱かれたかもしれない。弟麻呂にしてみれば、お前も前将軍の紀古佐美や、今まで負け続けてきた将軍と同じだと言われたように感じただろう。他の副将たちは反対も賛成もせず、ただ熟慮するようなふりで弟麻呂の反応を窺《うかが》っていた。

「お主、武芸は達者だが、もう少しうまく立ち回れるようになれ」

その日、弟麻呂の呼びかけで開かれた宴席に、田村麻呂だけは招かれなかった。

「……面目ありませぬ」

事前にこちらへ立ち寄った俊哲に苦言を呈され、田村麻呂は深々と息を吐いた。あの進言をしたことに後悔はしていないが、少々反省はしている。もう少し、言い方があったかもしれないと。

「まあ、機嫌もそのうち直るだろう。そういう御方だ」

田村麻呂の肩を励ますように叩《たた》いて、俊哲は部屋を出て行った。田村麻呂はそれを見送り、誰もいなくなった部屋の中でごろりと寝転がって天井を見上げた。元来の恵まれた体格のおかげもあり、父に鍛えられた刀と弓の技量には自信がある。部下とも上司とも当たり障りなくやってきたと思っていたが、今回ばかりは弟麻呂への尊敬の念が足りなかった。また同じことを繰り返す気かと思ってしまったその心内が、そのまま言葉に出てしまったと言っても過言ではない。

「……難しいな」

自分より年嵩《としかさ》の人間であればあるほど、それがどんなに正しくても、正論を突きつければいいという話ではない。宥《なだ》めて、持ち上げ、褒めそやしながら誘導するようにやらなければ、話すら聞いてもらえなくなる。

「……特に貴族はややこしい」

ぼそりとつぶやいて、田村麻呂は冠を脱いだ頭をガリガリと掻《か》いた。

翌日早々、田村麻呂は弟麻呂より視察を命じられた。急くな、地を知れというのなら、まずはお前が行って来いということだろう。しかし、そもそも冬の戦は双方望むところではないので、まず戦が始まることはない。そのため、まだ雪解けの気配も見えないこの時期の視察は、無駄だと言っても過言ではなかった。地を把握するのであれば、雪が解けてから行うべきだが、つまりは自分の命令に従わせたいのだ。

「――だからといって、馬鹿正直に聞くこともありますまい」

視察を命じられたその日のうちに、田村麻呂は手早く荷物と食料をまとめ、信頼している数名の部下だけを連れて多賀城を出た。

「まあそう言うな。おそらくこれで手打ちにするおつもりなのだろう、ならば従ってやるさ」

とりあえず北へ向かって移動しながら、田村麻呂は不満そうな顔をしている石成《いしなり》に苦笑してみせた。

「それに考えようによっては、あの気づまりな城から出られて幸運だったとも言える。せいぜいお役目を果たして帰ろうではないか」

主の言葉に、石成はやれやれと息を吐いたが、文句は言わなかった。石成とはもう十年来の付き合いになる。気心は知れていた。

「それで、どちらへ向かわれるのです？　まさか本当に衣川《ころもがわ》まで行くおつもりでございますか？」

弟麻呂からは、前回の戦の最前線となった、衣川の水嵩《みずかさ》でも見て参れと言われている。今それを確認することにそれほどの意味はない、ただ無茶を言って困らせたかったというのが本意だろう。

「北へ行けば、雪は深くなるかと……」

多賀城の辺りはまだ雪が少ないが、山に分け入れば分け入るほど、積雪量は増すだろう。そうなってくると馬が使い物にならなくなってくる。しかし田村麻呂は、そんな危惧すら払しょくする明るい声で答えた。

「衣川まで行く」

ここで引き下がっては武門坂上の名が廃《すた》る。弟麻呂が無茶を言うのなら、とことん付き合ってやればいい。

「……お、恐れながら本気でおっしゃっていますか？　あそこは蝦夷の勢力とこちら側を分ける、境界線でございますよ！」

「だからこそだ。結局此度も、あの辺りが戦場になるだろうからな」

「しかし、敵の目前です！」

「ある程度離れたところで馬を下りて、後は徒歩で向かう。無理をするつもりはない。弟麻呂様も、衣川まで行ったと知ればご納得なさるだろう」

あっけらかんと言い、田村麻呂は、まだ何か言い足りない石成を見なかったことにして、馬を走らせ始めた。

二

衣川は、前回の戦でまさに激突地となった場所だった。記録を読んだ限りでは、朝廷軍は三月末には衣川を渡ったところに陣を敷いたものの、そこから約二カ月間滞り、帝から東征を急かす勅令が届いて、ようやく動き出したようだ。軍を三つに分け、さらに北上川《きたかみがわ》を渡って侵攻しようという作戦だったが、蝦夷軍の挟み撃ちに遭い、弓に当たった者、川で溺れた者を含め、まんまと千人以上の死者を出す負け戦となった。

そして、その時戦った相手こそ、阿弖流為《あてるい》だ。

衣川より北は、彼らの土地なのだ。

多賀城を出てから十日ほど経った頃、衣川まであと少しというところで、田村麻呂はわざと近くの山に入った。そこで野営して一晩を明かし、残りの行程は馬を置いて徒歩で向かうことにした。幸い雪はそれほど深くはなく、人の脚でも三日あれば戻って来られるだろう。馬番には五日経っても戻らぬ場合は、多賀城に知らせろと言い置いて、田村麻呂は石成らを連れて衣川へ向かった。

「……空が青いな」

白い息を吐き出しながら、田村麻呂はつぶやいた。空の色など長岡京や平城京と変わらないはずなのに、なぜだかやけに青く見える。雪の白さのせいだろうか。あちらでも雪は降るが、さすがにここまで積もることはない。

「音がないのが、いささか不気味でございますね」

慎重に斜面を降りながら、石成が周囲に目を走らせた。雪が音を吸収してしまうので、時折聞こえてくる鳥の鳴き声にも敏感になってしまう。

小さな沢を越え、林の中を抜け、斜面に雪ではなく土が見え始めた頃、田村麻呂は不意に足を止めた。直感としか言えない予感が、これ以上進むなと告げてくる。その瞬間、田村麻呂の頬をかすめて傍の木に矢が刺さった。

「田村麻呂様！」

石成が叫んで、すぐにお互い身を伏せる。直後、第二陣の矢が何本か飛んできて、先ほどまで田村麻呂たちの頭があった位置に突き刺さる。恐ろしく的確な狙いだった。

「まずいな」

そう口にして、田村麻呂は腕を振って部下たちに散れと命じる。固まっていては的にされるばかりだ。あちらにこちらの居場所は把握されてしまっている。おそらくは後方にある崖上にいるのだろう。こちらからは死角になっていて、何人いるのかも見当がつかないが、間違いなく蝦夷たちだろう。それ以外に、いきなり襲われる理由はない。この雪の時期に、彼らがこちら側まで出向いてきているとは思わなかった。

できれば、ここで争うことは避けたい。

どうにか穏便にやり過ごせないかと、田村麻呂は策をめぐらせた。しかし、今更どう言い訳しても無駄なようにも思える。

「……石成」

茂みに潜む部下を呼んで、田村麻呂は告げる。

「私が引き付ける。その間に逃げろ。無事であれば多賀城で会おう」

「しかし！」

「頼んだぞ」

口早にそう言って、田村麻呂は木の陰から出た。そしてあちらからよく見えるよう、少し開けた場所まで歩く。弓を引き絞る音が微《かす》かに聞こえた気がしたが、幸いまだ矢は飛んでこなかった。

「そなたらの土地に入り込んですまない」

そう言う間にも、矢が体を貫くかもしれない。その恐怖を押し殺して、田村麻呂は毅然と顔を上げる。

「争う気はないのだ。速やかに出ていく」

石成たちが足音を殺して移動する。その気配を感じながら、田村麻呂はできるだけ堂々と振る舞った。

「何が目的だ」

そのうちに、崖上から声が返った。雪をかぶった岩の後ろから、黒い毛皮を纏《まと》った短髪の男が顔を出す。体軀《たいく》はそれほど大きくないが、その眼光は百戦錬磨を思わせた。見据えられたら身震いしそうな、獣の目だ。

田村麻呂は、どう答えようか迷って、結局事実を口にする。

「調査だ。このあたりの地形を調べようとしていた。何しろ初めての土地でな」

あっさり白状した田村麻呂に、男はやや毒気を抜かれたようだったが、余計に目を光らせた。

「正直すぎて逆に怪しいな。多賀城に軍が到着していることは聞き及んでいる。お前たちが先行隊ではないのか？」

「隊と言えるほどの大げさなものではない。それに、この季節に戦をするなど、こちらが自壊するようなものだ。あいにく雪は得意じゃない」

田村麻呂は肩をすくめてみせる。こちらも好きで出て来たわけではない。

「先の戦のことは聞いている。お主らを侮っているわけではないからこそ、こうして下見に来た。なぜ今の時期に来たのかは訊かないでくれ。上官の愚痴しか吐けぬ。——それゆえ」

さくりと雪を踏む音がした。

「それゆえ、部下たちを放してやってくれないか」

その声を聞いて、捕らえられた石成たちが木陰から姿を現した。皆、後ろ手を取られ、首に刀をあてられている。田村麻呂は唇を嚙《か》んだ。崖上ばかりに気を取られて、すでに敵が近くまで来ていたことに気付けなかった。石成たちは、部下の中でも選《え》りすぐりの精鋭だ。あっさり捕まるような者たちではない。ようするに、それほど力量の差があるということだ。雪に慣れていないことも、大いに関係する。

「その話、信じる証拠はあるまい。証拠があったところで、見逃す義理もない。調査隊ならばなおのこと潰すまで」

崖上から冷たい声が返った。やはり、それほど甘くはないかと田村麻呂は奥歯を嚙み締める。今ここで刀を抜いても、崖上に弓矢部隊がいることを考えれば、勝算はないに等しい。

ここで終わりか。

さりげなく刀に手を添わせながら、田村麻呂は最後の策を考える。せめて、部下の命だけでも救えないだろうか。そう思って、刀を鞘《さや》ごと腰から外した。

悟った石成が、息を呑んだのがわかる。

「私を人質にしてくれ。その代わり部下の命は助けて欲しい」

刀を足元に置き、抵抗の意志がないことを示す。

「こう見えても副将軍の一人だ。それなりに価値はあると思うが……」

「いけません！」

石成が叫ぶのを、背後の男が制する。

「副将軍だと？」

崖上の男が、吟味するように改めて田村麻呂を眺めた。

「都では近衛少将をやっていた。正直なところ、望んで来たわけではないのだが」

田村麻呂は、刀の前にどっかりと腰を下ろす。

「この身でよければ好きにしろ」

それは偽りではなく、限りなく本心に近かった。命を無駄にする気はないが、馬鹿な争いを続けたいとも思わない。

「上官が部下のために命を差し出すか。美しいが賢くはない。朝廷は相変わらず、うつけを副将軍に据えたと見える。もしくはそれほど人材が不足か」

「言い返せんな。私も頭の固いじじいどもの御守《おも》りで辟易していたところだ。部下を巻き込んだのは私の失策。責任を取るのが筋だろう」

両手を広げ、田村麻呂は一切の武器を持っていないことを示した。

「よければ、お主の名を聞かせてくれるか？　蝦夷の剛の者は阿弖流為《あてるい》だけかと思っていたが、そうではなさそうだ」

おそらくは、表立って名が知れているのが、阿弖流為《あてるい》なのだろう。今回のことを考えても、朝廷軍まで名前の伝わっていない剛の者がまだまだいるはずだ。

崖上の男は、やや考えるように間を置いてから告げる。

「――母礼《もれ》。周囲《まわり》には、磐具公《いわぐのきみ》などとも呼ばれている。……お前、阿弖流為《あてるい》の顔を知っているのか」

「ああ……だが、もう二十年以上前の話だ」

そう言ってから、田村麻呂は姿勢を正した。

「磐具公《いわぐのきみ》、母礼《もれ》殿。見事な手腕であった。我が名は、坂上田村麻呂――」

そう言い終わると同時に、懐に忍ばせた短刀が、一番近くにいる蝦夷の腕に突き刺さるはずだった。部下たちであればその機を逃すはずがない。どうにか最後まで足掻《あが》こうとした田村麻呂だったが、短刀を取ろうとしたその手は、丸太のような太い腕に押さえ込まれた。

いつの間に、と思うと同時に、懐かしい記憶が脳裏を走る。

「やめておけ、田村麻呂」

易々《やすやす》とこちらの腕を封じ、にやりと笑ってみせる男の顔には、嫌というほど見覚えがあった。

「阿弖流為《あてるい》！」

その名を呼んだ声は、自分が思うよりずっと歓喜を含んでいた。

⛩

阿弖流為《あてるい》は、彼が本拠地とする胆沢地方の周辺の村長らと、強固な協力体制を築いており、母礼《もれ》もその一人だった。彼らは朝廷軍の入口となる衣川周辺にいくつもの櫓《やぐら》を築き、いつでも監視ができる体制を整えていた。その他にも、うっかりすると見落としてしまいそうな獣道の先に補給小屋があったり、逆に誘導し罠《わな》にかける砦《とりで》もあったりするようだ。田村麻呂が石成らとともに連れて来られた小屋は、先ほど母礼《もれ》がいた崖上にあり、粗末な作りではあったが、煮炊きができる竈《かまど》があって、外には馬も繋《つな》いでおくことができる。おそらくは、監視の交代要員が詰めている場所だろう。

「こんなところに連れてきていいのか？」

中に入れと促され、田村麻呂は小屋の入口で戸惑って尋ねた。てっきりもっと、牢《ろう》のような場所に連れて行かれるのかと思っていた。

「かまわん。どうせここはもう別の場所に移動させようとしていた小屋だ。ただし、入るのはお前だけだ。部下のことは案ずるな、手出しはせん」

阿弖流為《あてるい》にそう言われて、田村麻呂は石成と別れて一人小屋の中へ入った。ずっと火が焚《た》かれていたらしく、雪の積もる外とは比べものにならないほど暖かかった。

「冬の間はさすがに来ないだろうと、こちらも気を緩めていたところだったのでな、良い訓練になった。なあ、母礼《もれ》？」

阿弖流為《あてるい》がそう呼びかけると、母礼《もれ》は無言で頷いた。しかしまだその双眼に、警戒の色は消えない。

「まさかあの将軍の息子が、副将軍となって戻ってくるとはな」

「……よく覚えていたな」

「林の中でその髪を見た時に、すぐ思い出した。陽に透けると、金のように輝く」

あまりにも屈託なく阿弖流為《あてるい》が言うのを聞いて、田村麻呂はやや拍子抜けした。熊のような屈強な体のくせに、まるで子どものような顔をする。

「お前こそ、よく俺だとわかったな」

「忘れるものか。多賀城で過ごした半年は、私の人生の中で一番濃密な時間だった。阿弖流為《あてるい》から教わったことは、今でもちゃんと覚えている。いい馬の選び方も、染料になる草の見分け方も……」

それを聞いた阿弖流為《あてるい》が、にやりと笑って尋ねる。

「初めて森の中で会った時に、俺が子どもの頃、山で迷子になった話をしたことを覚えているか」

「ああ、覚えている。友と二人で途方に暮れたと。それがどうかしたか？」

なぜ今この質問をされるのかわからず、田村麻呂は首を傾《かし》げた。

阿弖流為《あてるい》は、自分の隣に座る男にちらりと目を向けながら告げる。

「その友がな、この母礼《もれ》だ」

田村麻呂は思わず目を見開いて、相変わらず威嚇する獣のような顔をした母礼《もれ》をまじまじと見つめた。少なくとも今は、山で多少迷おうが、猪《いのしし》でも熊でも食って生き延びそうな面構えをしている。

「事情があって、今は暮らしている村が違う。だがそれ故に、連携を取ることが可能だった」

「田村麻呂と言ったか」

「そういうことか……」

戸惑っている田村麻呂に、母礼《もれ》が低い声で呼びかけた。

「ここへは調査のために来たと言ったな？　それは本当か？」

田村麻呂は、彼の方へ体を向けて答える。

「本当だ。少々上官の不興を買ってしまってな、無茶な命だとわかっていながら、従わないわけにはいかなかった」

「上官というと」

「将軍、大伴弟麻呂様。もともと衣川を見られたらそれでよかったのだ。すぐに引き返すつもりだった」

先ほどと同じ弁解を、田村麻呂は繰り返す。もっともそれが真実なのだから、そのこと以外話しようがない。

「衣川を見てどうする？」

しかし母礼《もれ》は、追及の手を緩めない。

「どういうこともない。おそらくはまたここが戦場になるのであろうと思ってな。先の戦の弔いついでに行ってきたと報告すれば、お怒りも解けるかと――」

「そんなことで機嫌が直るほど、お前のところの将軍は阿呆なのか」

「母礼《もれ》」

言葉に遠慮のない母礼《もれ》を、阿弖流為《あてるい》が宥めた。弟麻呂の怒りが解けるかどうかは、田村麻呂が衣川まで行ったかどうかではなく、自分の命令に従ったかどうかだ。それを思えば、本当にわざわざここまで来る必要はなかったのかもしれない。

「……正直に言うと、少々興味があったのだ。未だ朝廷軍が越えることのできない前線に。幼い頃多賀城にいた折には、ここまで来られなかったからな」

「それにしても、そもそもお前、何をしでかしてこんな目に遭っているんだ？」

阿弖流為《あてるい》に訊かれ、田村麻呂はどう答えようかと迷った。母礼《もれ》の態度を見るに、誤魔化せばすぐに矛盾を突かれてしまいそうだ。

「――将軍に、策を示せと言われてな。策より何より、まずは一年をかけてじっくりこの土地の地形を知ることだと言ったら、腰抜けの役立たずだと思われたらしい」

多賀城でのことを思い出して、田村麻呂は頭を掻く。

「このまま春になり、雪解け水が引く頃に戦をしても、きっとまた同じことになる。そうでなくとも、今回の兵の数は前回の五万より倍増やして十万ほどにはなっているが、ほぼ寄せ集めだ。官軍憎しで団結しているそちらとは士気が違う。所詮蝦夷との戦は、遷都の目くらましにすぎぬからな」

さらりと言ってのけた田村麻呂の言葉を聞いて、阿弖流為《あてるい》と母礼《もれ》が目を合わせた。

「遷都への目くらまし、だと？」

「朝廷は東北の黄金《おうごん》が欲しいのではないのか？」

「黄金《おうごん》が欲しいのも本当だろう。金はあればある方がいい。しかし、今の帝は長岡京から再び都を移そうとなさっていて、そのことで頭がいっぱいだ。短期間で都を移そうとすれば、当然反対する者も出てくる。その中で、蝦夷という共通の敵がいれば、心をまとめやすいというお考えなのだろう」

田村麻呂は、やや歯切れ悪く説明した。蝦夷にとってみれば、決して愉快な話ではない。

「朝廷は、どこまで我らを愚弄すれば気が済むのだ……！」

母礼《もれ》が握りしめた拳を床に打ち付けた。小屋の中にいた他の蝦夷たちからも、次々と賛同と憤怒《ふんぬ》の声があがる。当然だろう、と田村麻呂は思った。彼らには、何の罪もない。

「田村麻呂」

怒りの感情が渦巻く中で、冷静に呼びかけた阿弖流為《あてるい》の声が、小屋に平静を取り戻させる。

「お前自身は、東征についてどう思っている？」

こちらに向けられるやけに落ち着いた目が、逆に田村麻呂の皮膚を粟立《あわだ》たせた。あくまでも事態を俯瞰《ふかん》し、的確な判断をしようとする阿弖流為《あてるい》と、やや熱くなりがちだがそれが闘志へと結びつく母礼《もれ》との組み合わせは、敵ながらよくできた首脳陣だと密《ひそ》かに思う。

「……副将軍として任命された以上、そして帝にお仕えする武門の一族として、務めを果たすことが最大の使命だと思っている。それは、父が築いた坂上の地位を守るべき私の役目だ」

阿弖流為《あてるい》の目をしっかりと見据えて、田村麻呂は口にする。

「――ただ、実を申せば、私は和議を結んだ方がいいと思っている。これでは双方に虚《むな》しい被害が広がるだけだ」

「……和議か」

「そうだ。蝦夷とヤマト、双方が手を取り合い、富んだところを分け、足りぬところを補い、そうする方がずっと建設的だと思わんか？」

小屋の中が、水を打ったように静まり返った。田村麻呂は、それがどういう反応なのかわからず、無意識に息を呑む。今更和議などと言われたところで、従えぬ者も多いことはわかっていた。

「……そういえばお前、嶋足殿に弓を習ったと言っていたな」

ふと思い出したように、阿弖流為《あてるい》が尋ねた。

「嶋足殿……？　あの嶋足殿か？」

母礼《もれ》が、驚いたようにこちらに目を向ける。

「ああ、嶋足殿は父の盟友だった。私に、蝦夷が決して敵ではないことを教えてくれた。彼だけではない。多賀城にいた頃は、呰麻呂殿をはじめ、たくさんの蝦夷が親しく接してくれた」

呰麻呂の名を聞いて、皆が先ほどとは違う面持ちで黙り込んだ。伊治城《これはるじょう》で朝廷に帰属していた仲間を殺し、多賀城を焼いて反乱の狼煙《のろし》とした彼のことは、蝦夷の歴史に深く刻まれている。それまで従順に朝廷側に従っていた呰麻呂の、突然の反撃だった。あれ以降、蝦夷の反旗は確実に翻ったと言っていい。今から十三年ほど前のことで、田村麻呂が多賀城を去ってからは十年が経っていた。その十年の間に、呰麻呂の中で何か抑えきれないものが膨れ上がってしまったのだろう。

「……多賀城を去ったお前からの手紙を、呰麻呂殿から手渡された。あれからもう二十年以上が経つのか」

ぽつりと阿弖流為《あてるい》が言うのを聞いて、田村麻呂は多賀城で別れた時の呰麻呂の顔を思い出した。彼はきちんと、約束を果たしてくれたようだ。

「……戦わずに済むなら、俺たちだって、なぁ……？」

やがて扉の近くに座っていた若者が、ぼそりと隣の男に話しかけた。

「畑だって狩りだってほっぽり出して、訓練しなくていいんだろ？」

「ばあちゃんに苦労をかけなくて済む」

「妹の祝言もあげてやりたい」

「妻の腹の中にいる子が、戦に巻き込まれなくて済むなら――」

「静まれ！　今までさんざん朝廷に煮え湯を飲まされてきたことを忘れたか！」

母礼《もれ》の一喝で、男たちはぱっと口をつぐんだ。しかしきっと、あれが彼らの本音なのだろう。そしてきっと多賀城に詰めている兵士に訊いても、同じ答えが返ってくるはずだ。

「しかし母礼《もれ》、もはや無視はできぬと思わないか」

阿弖流為《あてるい》が呼びかけると、母礼《もれ》は苦い顔で言葉を詰まらせた。

「今、この時期に田村麻呂と再会できたことこそ、荒脛巾神《あらはばきのかみ》のお導きかもしれない」

そう言う阿弖流為《あてるい》の胸元で、白い貝殻が揺れていた。


「実はこちらでも、和議の話は以前から出ていた」

田村麻呂を小屋の外に連れ出して、雪の踏み固められた獣道を上りながら、阿弖流《あてる》為《い》はそんな話をした。田村麻呂は阿弖流為《あてるい》と母礼《もれ》に挟まれる形で、慣れない雪道を歩く。

「そのために動いていた計画もあったが、結局頓挫している。どうしても承諾できぬという者が多いことも確かだ。なあ、母礼《もれ》？」

阿弖流為《あてるい》に話を振られて、母礼《もれ》が黙って顔をそむけた。彼の気持ちもわからなくはない。和議を結ぶには、双方犠牲が出過ぎているのだ。

「朝廷の方が、どうしてもと頭を下げてくるのなら考えてやる」

「無茶を言うな。それだけは絶対にないぞ」

田村麻呂はしかめ面で首を振る。それができれば、東北攻めなどとっくに終わっているだろう。

十分ほど山道を上り、阿弖流為《あてるい》は開けた場所へと田村麻呂を連れて行った。そこからは衣川はおろか、雪に覆われた平野の遠くまで見渡すことができる。陽に照らされた雪が輝き、まるで雲の上にいるようだった。

「俺はただ、この故郷を守りたいだけだ」

田村麻呂の隣で、母礼《もれ》がぼそりと口にした。

「ここは母なる荒脛巾神《あらはばきのかみ》のおられる土地。ヤマトが荒らしていいところではない」

そう吐き捨てるように言うと、母礼《もれ》は来た道を引き返して小屋に戻っていった。その背中を、田村麻呂は何も言えずに見送る。彼の言うことに、反論などできるはずもなかった。

「……母礼《もれ》は、先の戦で兄を亡くしている。悪く思わないでくれ」

阿弖流為《あてるい》が、彼を庇《かば》うように説明した。

「そうか……。それでは和議にも納得できぬだろうな」

田村麻呂は、母礼《もれ》が雪上に残していった足跡に目を落とす。戦を恨めばいいのか、人を恨めばいいのか、時々わからなくなる。

「田村麻呂、あの日お前は、『意味のない戦など馬鹿がやることだ』と言ったな」

唐突に問われ、田村麻呂は慌てて記憶を探った。

「……言った、と、思う」

「俺はよく覚えているぞ。子どものくせに、真理を言う奴だと思った。そして今も、その信念は変わっていないようだ」

自分より背の高い蝦夷の双眼は、遥《はる》か高い空へと向けられていた。その黒い眼《め》が瞬きをして、こちらへと降りてくる。

「お前たちを解放する。その代わり、和議の道を探ってはくれまいか」

雪の上を渡ってくる風が、頬を撫でていく。

「……いいのか？」

田村麻呂は慎重に確認する。あの母礼《もれ》が黙っているとは思えない。

「もちろん、いざそちらから話が来ても、簡単には了承できないかもしれない。ただ個人的には、選択肢のひとつとしてあってもいいと思っている」

こちらを見つめ返す阿弖流為《あてるい》の瞳に、嘘《うそ》はないように思えた。本当にその言葉の通りなのだろう。感情的にも簡単ではないが、最終的な切り札として持っておいても損はない。誰もが望んで、死に急ぎたいわけではないのだ。

「——荒脛巾神《あらはばきのかみ》の花はないのか？」

田村麻呂が周囲を見回して問うと、阿弖流為《あてるい》はやや不思議そうに首を振った。

「咲くにはまだ早い時期だ。あの花は春と秋に二回咲く。春は雪解けを喜ぶように。秋は厳しい冬を越えろと励ますように」

「そうか、ならば誓うものがないがどうする？」

ようやく田村麻呂の真意に気付いた阿弖流為《あてるい》が苦笑した。

「かまわん。荒脛巾神《あらはばきのかみ》は常に我々を見守ってくださる。この蝦夷の大地に誓え」

阿弖流為《あてるい》が指した大地は、どこまでも澄んで銀色に染まっている。美しい場所だと、田村麻呂は心から思った。血で穢《けが》してしまうには、あまりにも惜しい場所だ。そう考えた瞬間、何か温かいものが頬を撫でた気がした。

「——母様か？」

「うん？」

ふと上空を見上げた田村麻呂に気付いて、阿弖流為《あてるい》が怪訝《けげん》な顔をする。

「いや、以前お前が連れて行ってくれた塚の前で感じた風と、同じような温かさを感じた」

「ほう、それは確かに母様かもしれん」

「母様にまで急かされたら仕方がない」

田村麻呂はわざともったいぶって咳払《せきばら》いする。

「私にできることをやってみよう」

しっかりと阿弖流為《あてるい》の目を見据えて、田村麻呂は口にした。そして改めてまじまじと阿弖流為《あてるい》の姿を見回した。あれから二十年が経つというのに、一向に衰えた気配がない。腕は太く、手は驚くほどの厚みがあり、弓と刀の稽古を欠かさない、確かな戦士のものだった。

「つくづく、お前とは戦いたくないな」

自分の体も随分と成長し、都ではかなり上背がある方なのだが、阿弖流為《あてるい》と並ぶとどうも自信を失くしてしまう。自分の掌を見ながら田村麻呂がぼそりとつぶやくと、阿弖流為《あてるい》はくしゃりと顔を歪《ゆが》めて笑った。

三

無事に多賀城に戻った田村麻呂は、弟麻呂に出過ぎた真似であったと真摯に謝罪し、同時に頭を冷やした弟麻呂も、地形を知るのは確かに重要なことだと形ばかりは態度を和らげ、出陣は早くとも来年以降と改めた。そもそも弟麻呂はまだ帝から節刀を賜っておらず、それがなくては正式な東征にならないからだ。

夏が過ぎた頃に、弟麻呂は節刀を受け取るため一旦都へと戻り、田村麻呂も同行を命じられた。俊哲たち残りの副将軍は、そのまま留守居役となる。都までの片道は五、六十日、往復すれば百日以上の旅だ。それを思えば、一番若い田村麻呂を選んで連れて行くのはわかるような気もしたが、単に嫌がらせの一端であるようにも感じた。田村麻呂は断れるはずもなく、秋が深まる頃に長岡京の土を踏んだ。すでに新都の建設のための土地は選定されており、今にも建設が始まるだろうというところだった。田村麻呂たちが再び多賀城へ赴き、東征を終えて帰ってくるのは、新しい都の方になるのかもしれない。

その日、弟麻呂とともに帝への謁見を済ませた田村麻呂は、ついでに近頃入内したばかりの娘、春子《はるこ》のところへ顔を出した。三年前に妹の又子が幼い我が子を残して没し、それと入れ替わるように春子が内裏へ入ったのだ。

「それで、今度はいつ頃東北へ戻られるのですか？」

小さい頃からおっとりとしている春子は、再び長旅に行かねばならない父を心配して、いろいろと気を揉《も》んでくれている。

「年が明けてからになるだろうな。あちらは一番雪が深い頃だ」

田村麻呂はやれやれと苦笑する。こちらでのんびりとしている暇もない。食料や日用品の調達もして帰らなければならなかった。

「少しの間でも、お体をお休めになれるといいのですけれど……」

「あまり休んで、鈍《なま》っても困る。聡哲も鍛えてやらねばいかんしな」

「父上と剣術をすると、負けてばかりだから面白くないと嘆いておりましたよ」

「勝てると思われている方が心外だな」

「まあ！」

父子は思わず笑い声をあげる。何カ月ぶりかの再会は、穏やかな時間が流れていた。

「賑《にぎ》やかだと思えば、そなたか」

二人が他愛ない世間話に花を咲かせていると、不意に部屋の入口から声がかかる。振り返った田村麻呂は、慌てて姿勢を正して頭を下げた。春子は妃《きさき》なのだから、ここに帝が来るのは当たり前のことだ。すぐに退室しようとした田村麻呂を、帝はかまわんと言って引き留め、副将軍の任を改めて労《ねぎら》った。

「田村麻呂よ、先ほどは弟麻呂の手前もあって言いたいことも言えずにいたのではないか？　お前の眼で見た東北は、蝦夷はいかがなものか、率直に伝えよ」

帝はあくまでも穏やかに尋ねる。亡き父の遺《のこ》した功績、そして又子や春子のおかげでやや贔屓目《ひいきめ》に見てもらえるのはありがたいが、それがじわじわと効いてくる重荷でもあった。

「子どもの頃に、父について多賀城で暮らしたことを思い出しました。私にとっては、懐かしき場所でございます」

「そうか、そうだったな。知り合いの蝦夷もおったか？」

「何人かは……。しかし、亡くなった者もおり……」

答えながら、田村麻呂はあのことを伝えるべきか迷う。このような機会はまたとないだろう。ここでさらりと告げて反応を見るのも悪くはないかもしれない。

「戦は、否応《いやおう》なく双方に被害をもたらすもの。ここはひとつ、思い切った策を取ってみるのも手かと……」

「ほう、どのような手を考えている？」

「あくまでもひとつの可能性ですが、たとえば――和議など」

それを聞いた帝が、ぴくりと眉を撥《は》ね上《あ》げた。

「坂上は武門の出ではなかったか？　えらく気弱なことを言う」

そう言いながらも、帝は機嫌よく高坏《たかつき》に盛られた唐菓子を口に入れた。

「そもそもこちらからの饗給《きょうきゅう》を受け入れなかったのは、奴らの方だろう。だからわざわざ二度も東征を命じている」

「その通りでございます。しかし先の戦で被害を受けたのはあちらも同じこと。こちら側の力を見せつけられて、考えも変わりつつあるやもしれませぬ。それに、胆沢の阿弖流為《あてるい》なる男は、磐具公母礼《いわぐのきみもれ》などとも手を組み、かなりの軍事態勢を築いている様子。弟麻呂様率いる我が軍の勝利は揺るぎないものとしても、かなりの犠牲を伴うことになるでしょう。遷都の前に多くの死者を出したとなっては、新しい都が不吉なものと言われかねません」

桓武帝は、とにかくちょっとしたことで物の吉凶を決めつけるのが癖のような人だ。晴れだとか雨だとかの天候から始まって、自分の目の前で葉が落ちただとか、動物が横切っただとか、魚が跳ねただとか、そんなことで一日塞ぎ込んだり、逆に驚くほど機嫌がよくなったりする。『縁起が悪い』というのは、帝を動かすうえで重要な言葉だった。

「では田村麻呂、お前が死者を出さぬよう努力せい」

生まれてから一度も戦場というものを見たことがない帝は、さらりとそんなことを言ってのける。

「……それは、もちろんそのつもりではございますが」

「遷都はもう決めたのだ。来年の今頃にはあちらに移りたい。何やらとても良い方位であるとかでな」

帝の口の中で、唐菓子がガリリと音を立てる。彼にとってはヤマトの民の命も、蝦夷の命も、こうして戯れに味わう菓子と同じことなのだろうか。

「田村麻呂、お前、多賀城で弟麻呂と少々揉めたそうだな」

不意にそんなことを言われて、田村麻呂は言葉に詰まった。

「報告を聞いたぞ。一年は地形を見定めるため、動かぬ方が良いと進言したとか？　私は悪くない考えだと思うが、弟麻呂には少々刺激がなさ過ぎたか」

田村麻呂は、何も言えずに頭を垂れる。上司とうまくやれないと判断されれば、今回の任務は外されてもおかしくはない。しかし今、この東征の任務から退くわけにはいかなかった。

「申し訳ありません……。少々、独りよがりが過ぎたようで……」

「まあ、今は弟麻呂も納得して、その策に乗ったというのだから、よいではないか」

ふ、と笑って、帝は続ける。

「和議を唱えるのも、暢気《のんき》な策を考えるのもかまわぬ。ただ為すべきことを為せ。未だ自分が、節刀を賜れぬ身分であることを忘れるな」

それだけを言い置いて、帝は席を立った。怒りを買ったわけではないが、しっかりと釘《くぎ》を刺された。どの口が、それを言うのだと。

「……父上も、苦労が絶えませんこと」

帝を見送り、春子がぽつりと口にした。

田村麻呂は、長い息を吐いて天井を仰ぐ。知らぬ間に噴き出していた汗が、顎に垂れた。

「……節刀か……」

節刀は、帝から遣唐使や出征する将軍に渡される任命の印であり、一時的な権力の委任を意味する。つまり、部下に対する生殺与奪の権利を与えられたということであり、すべて事後報告でかまわないという印でもある。この時代において刀とは、戦に用いる武器のひとつであり、権力の証であり、信頼の証でもあった。そして自分はまだ、帝にそれを預けてもらえるほどの地位も実力もないということだ。このままでは、帝の顔も阿弖流為《あてるい》の顔も立てることができない。蝦夷の者たちも、簡単に和議を言い出したわけではないことはよくわかっている。それを思えば、阿弖流為《あてるい》はよく自分を信用してくれたものだ。荒脛巾神《あらはばきのかみ》の花に、誓うこともできなかったのに。

「……信頼」

ぼそりとつぶやいた次の瞬間、田村麻呂は慌ただしく春子に礼を言うと、聡哲を探して走り出した。

⛩

この辺で一番腕の立つ刀鍛冶は誰かと聡哲に尋ねると、彼は間髪を入れず『天石《あまいし》』だと答えた。同時に、一番依頼するのが困難な刀鍛冶も天石だと。なぜかといえば、すでに『引退』した刀鍛冶だからだという。

「かつては官営の鍛冶場にも招かれるほどの腕だったのですが、今は高齢を理由に勤めを終え、もっぱら弟子の育成に力を注いでいます。そしていつからか、戦のための刀を打つことを嫌がるようになりました。今打つのは、神仏に捧げるためのものが多く……」

聡哲が入り浸る官営の鍛冶場には、天石の長男がいるという。そして聡哲自身も、天石の工房には度々顔を出すことがあるらしい。誰より信用のおける情報だった。

「しかし、田村麻呂様の目的を話せば、きっとわかってくださるでしょう。彼が今はあの場所に住んでいることも、神のお導きかもしれません」

そう言って、聡哲は天石の工房へ同行してくれた。

山背国《やましろのくに》や大和国《やまとのくに》を転々と移動したという天石の工房は、現在大和国の高市《たかいち》にある。そこは、田村麻呂と先祖を同じにする同族が住む場所であり、かつて父である苅田麻呂が、同族の檜前《ひのくま》氏を郡司《ぐんじ》にするべきだと当時の帝に上表文を送ったこともあって、田村麻呂にとっては友好的な土地のひとつだった。当然、郡司に話をつけることは簡単で、あっさりと天石に接触する許諾と、このことを内密にする約束を取り付けることができた。

「生かすための刀を所望したい。神への、誓いの刀だ」

工房を訪ねるなり、そう口にした田村麻呂を、天石は驚いたように見つめていた。脚が悪いのか杖《つえ》を突き、筋張った枯れ木のような腕は、これで鎚《つち》が持てるのかと心配になるほどだ。

「神への、誓い……でございますか」

「ああ、できれば年明けまでに欲しいのだが」

田村麻呂の要求に、息子の福万呂《ふくまろ》が、おろおろと師匠でもある天石と田村麻呂を見比べていた。そこへ、近所の子どもたちに取り囲まれていた聡哲が、ようやく三人の元へ駆けつける。

「す、すみません天石殿、福万呂殿、その方は私がお連れして――」

彼の顔を見て、福万呂があからさまにほっとした様子を見せた。

「聡哲様のお知り合いでございましたか」

「はい。どうしても天石殿に刀をお願いしたいと……」

聡哲の視線を受けて、田村麻呂は頷く。

「そなたにしかできぬと思ってな。郡司にはすでに話をつけた」

「しかし、父はこの通りの体で、いくら聡哲様のお知り合いでも、そのようなご要望にはとても……」

「いや」

やんわりと断ろうとした福万呂を、天石が制する。職人の目に、侮れない光が微かに宿った気がした。

「詳しくお話を伺いましょう。中へ……」

促されて聡哲とともに入った工房は、四隅の柱を板で囲って、屋根には枯れ草を葺《ふ》いただけの簡素なものだった。中では弟子たちが道具の片付けをしていて、火を落としたばかりなのか、まだ炭の香りと温もりが残っていた。良質の炭は、庶民が潤沢に使えるものではない。弟子を幾人か抱えているという事実からも、彼がどれだけ厚遇を受けている刀鍛冶なのかがわかる。田村麻呂は、蝦夷との和睦のために刀を欲している、などと正直に話すことはできないため、ある人に信頼の証として贈りたいのだという話をした。

「その者と私が手を取り合うことができれば、これ以上無駄な血は流れずに済む。刀はそのための、確かな証となるだろう」

「その刀を、なぜ私に？」

天石は不思議そうに尋ねる。何しろお互いに初対面で、彼はこちらの名前すら知らない。そのことに思い至って、田村麻呂は改めて口にする。

「すまない、名を名乗っていなかったな。私は坂上田村麻呂と申す」

「坂上……、もしや御父上《おちちうえ》は苅田麻呂様でございますか？」

「そうだ。父の名はここにも届いていたか」

「高市で知らぬ者はいないでしょう。そして、聡哲様のご紹介とは……」

天石は、田村麻呂の隣に座る聡哲に目を向ける。それを、聡哲がどこか誇らしげに受け止めた。

「腕のいい刀鍛冶を訊かれて、天石殿以外の名前が思い浮かびませんでした」

「聡哲はよくここに入り浸っているようだな。邪魔をしていないといいのだが」

田村麻呂がまるで兄のような口調で言うと、天石はようやく表情を崩した。

「誰より熱心に、炎の色を見ていますよ」

「それくらい、武芸にも熱を入れてくれるといいのだがな」

ちらりと目を向けると、聡哲は聞こえないふりをして目を逸らした。しかしそんな彼の人脈で、こうしてこの工房に来られたのだと思うと、彼の刀好きも侮ってはいられない。

「天石、私が刀を渡したいと望んでいる相手は、自分の母は神だと言うのだ」

「母様が、神……でございますか」

「滑稽な話だと思うだろう？　だが、私はありえなくはないと思っている。現に、神を祀る塚の前で、晩秋だというのに春の陽のような温かな風を感じることがあった。そこには薄青の美しい花が咲き乱れていて、彼らはその花を神の花と呼んで、誓いに使うのだ」

「花を……」

それを聞いた天石が、ふと思案するように黙り込む。

「神仏は我らの目には見えぬ。だが、いないわけではない。像に刻まずとも、畏れるべき存在はいるはずだ。彼の母が本当に神かどうかはわからぬ。しかし私は、あの花の咲く美しい景色を、踏み荒らされたくはないと思った。それに、彼の言うことであれば信じたいと思った」

田村麻呂は、多賀城で過ごした幼い頃に、阿弖流為《あてるい》と訪れた塚のことを思い出した。あそこで感じた温もりは、確かに母の手であると思えたのだ。

「彼に誓うということは、母様に、神に誓うことにもなる。そう考えれば、神仏のために刀を打つそなた以外、相応しい刀鍛冶はいないと思うのだが」

田村麻呂の言葉を聞いて、天石はしばらくの間目を閉じ、水中から顔を出す睡蓮《すいれん》のような緩やかさで、再び瞼を持ち上げる。

「……私はただ、生かされている感謝を込めて刀を打つのみでございます」

天石は、年老いた身体《からだ》を精いっぱい伸ばして、田村麻呂に向き直る。

「坂上様、その刀、ぜひとも私めに打たせてくださいませ」

そう言った彼の眼は、宝物を見つけた少年のように煌《きら》めいていた。

⛩

翌年の一月一日、帝から節刀を賜った弟麻呂は、田村麻呂とともに再び多賀城へと向かった。しかし案の定、その年も東北の雪は深く、朝廷軍は多賀城に詰めたまま春まで動けずに過ごした。

「――すまん」

密かに使者を行き来させて、阿弖流為《あてるい》と連絡を取った田村麻呂は、以前会った小屋の近くで、開口一番そう謝罪した。

「和議のことだが、やはり簡単にはいきそうにない。それは私の力不足だ。帝や将軍を説得するために、何もかもが足りない」

多賀城までの道中、弟麻呂にもそれとなく和議を進言してみたのだが、戦での功績をあげることしか考えていない彼にとっては、馬耳東風に過ぎなかった。

「ほら見ろ阿弖流為《あてるい》、だからこんな奴を信用するなと言ったのだ」

同行して来た母礼《もれ》がすかさず言って、黒々とした熊の毛皮を使った着物を着込んだ阿弖流為《あてるい》が苦笑した。

「すまんな田村麻呂、こちらも説得は難航している」

「お互いに失敗ということか」

「そういうことだな」

二人のやり取りを見て、母礼《もれ》が鼻を鳴らして腕を組んだ。その隣で、彼の息子である諸岩《もろいわ》がまあまあと宥めている。頑固者の父には、手を焼いているようだ。

「しかし阿弖流為《あてるい》、私はここであきらめる気はない。次の戦はおそらく春になるだろう。それまで弟麻呂様の説得を続けるし、もしも叶わなかった場合は全力で戦って名を上げる。名を上げねば、帝への言葉は届かぬ」

「どさくさに紛れて俺たちを皆殺しにする気だろう！　お前の名を上げるために俺たちはいるんじゃねぇ！」

母礼《もれ》に凄《すご》まれ、田村麻呂は冷静に頰を引き締める。

「わかっている。しかし、強い権力がなければ誰も従わぬ。そのためには、帝から認められることが一番手っ取り早い」

「お前の進言を帝が聞く保証がどこにある？　参議《さんぎ》の阿呆どもを説得させられる証拠は？　甘いことばかりぬかしてんじゃねぇぞ！」

母礼《もれ》が吠《ほ》えるのを、阿弖流為《あてるい》は制するわけでもなく聞いていた。母礼《もれ》の言葉は、蝦夷たちの本音に間違いないだろう。

「……母礼《もれ》殿がそう言うのも理解できる。確かに私がそちら側の立場であれば、同じことを言うだろう。信じてもらうことは難しい。しかし此度の戦は避けられぬ」

田村麻呂は腰に佩《は》いていた刀を外し、それを阿弖流為《あてるい》の目の前に差し出した。

「荒脛巾神《あらはばきのかみ》の花がないのでな、誓いの代わりになるものを探した。官給品をやるわけにもいかんと思って、特別に作らせた。ヤマト流だが、受け取ってくれるか」

阿弖流為《あてるい》は驚いたように、差し出された刀を見つめた。黒漆の鞘には、金と螺鈿《らでん》の装飾が施され、玉などがない分派手さはないが、重々しい迫力がある。

「嶋足殿に弓を習い、我が父から剣術を習った。武芸で身を立てている私にとって、刀は私自身に等しい。それを、お前に預ける」

受け取った阿弖流為《あてるい》が、刀を鞘から引き抜くと、その刀身の美しさに母礼《もれ》や部下たちが息を呑んだ。出来上がった刀を受け取る際、ついてきた聡哲が絶賛して我を忘れ、一度は譲ってくれないかと言い出したほどの極上品だ。そして何より、戦を終わらせたいという田村麻呂の想いを、刀鍛冶である天石がこれ以上ないほど汲《く》んでくれた。

「……戦になれば、容赦はできんぞ」

刀を静かに鞘に戻して、阿弖流為《あてるい》が苦い眼差しを向ける。

「それはお互い様だ。手を抜くなど、最初から考えておらぬ」

「死ねばそれまでか」

「それが神の御意志だろう」

「確かに」

ふ、と息を吐くように阿弖流為《あてるい》が笑う。

「互いに生き残れば、また和議の話ができるか」

「そういうことだ」

母礼《もれ》が何か言いたげに身を乗り出したが、阿弖流為《あてるい》がそれを片手で制した。母礼《もれ》の方が彼より年上のようだが、あくまでも頭は阿弖流為《あてるい》なのだ。

「わかった。この刀を、誓いの印としよう」

阿弖流為《あてるい》の言葉に、田村麻呂は口を引き結んで頷いた。その顔を眺めて、阿弖流為《あてるい》は告げる。

「生きろよ、田村麻呂」

それからわずか数日後、朝廷軍は衣川に向けて進軍を開始する——。

⛩

一カ月ほど続いた朝廷軍と蝦夷軍の戦は、六月十三日をもって一旦終了となった。弟麻呂を将軍に据えているものの、どういう風の吹き回しか、それともこれも嫌がらせの一環だったのかはわからないが、実際に陣頭指揮を任されたのは田村麻呂であり、田村麻呂は見事にそれに応えてみせた。

「四百五十七級を斬首、百五十人を捕虜、馬八十五頭を捕らえ、七十五カ所の集落を焼き落とす……」

翌年の一月末、新都となる平安京《へいあんきょう》へ帰京した弟麻呂が節刀を返上し、桓武帝による二度目の東征はそこで終了となった。すでに文書で結果は聞いていたものの、改めての報告を受けて、帝は上機嫌に弟麻呂を、そして田村麻呂を称《たた》えた。

「前回以上の功績だな、弟麻呂よ」

「これもひとえに、帝のご加護があってこそでございます」

「無事に遷都も叶って、とても気分がいいぞ。田村麻呂も、ようやってくれたな」

労いの言葉を受けて、田村麻呂は深く頭を下げる。累々とした屍《しかばね》が折り重なる風景を、何も思わずに見ていたわけではない。勇ましく死んでいった兵士は、ヤマトも蝦夷も区別なく埋葬し、遺品などは蝦夷の方にもきちんと送り返した。その他、どさくさに紛れて逃げ出した兵士を捜索することなどにも時間を取られ、帰京が半年以上延びてしまったのはそのためだ。

「――しかし、阿弖流為《あてるい》とやらの首は、落とせなかったか」

不意に帝がそう口にして、弟麻呂が背中を強張らせた。

「……面目ありませぬ」

「まあ……、よい。随分あちらの勢力も削《そ》がれたであろう。次に期待しようぞ」

その帝の言葉を、田村麻呂は複雑な思いで聞いた。次に期待ということは、まだあきらめていないということだ。

阿弖流為《あてるい》を討ったという話は、ついぞ聞かなかった。

それらしい死体も確認していない。

そもそも今回の戦は、焼き落とした集落もほぼ無人だったのだ。完全にこちらの策が読まれていた節がある。おそらくあちらは、最小限の被害で済んでいるはずだ。あちらから奪った馬も多いが、実はさらに多くの馬を奪われている。食料と違い、馬を奪われると補充ができない朝廷軍は、一気に機動力が落ちるのだ。そのことをわかって、わざとあちらは狙ったのだろう。それは、わざわざ血を流し合うことを嫌ったようにも思える。

待っていろ、阿弖流為《あてるい》。

弟麻呂の後ろで、田村麻呂は決意を新たにする。次回の東征があるなら、必ず名を連ねなければならない。そしてそうなるよう、根回しもしなければならない。

私は、力を手に入れる。

握りしめた拳が、どうかもう無駄な血で染まらぬように。

翌月、戦の功により、田村麻呂は従四位下《じゅしいのげ》となり、近衛少将と木工頭《もくのかみ》を兼ねるようになった。そしてその年の八月、百済王《くだらのこにきし》俊哲が卒し、喪に服す聡哲と相変わらず交流を続けた。

それから約半年後の延暦《えんりゃく》十五年（七九六年）、田村麻呂はついに陸奥出羽按察使《あぜち》兼陸奥守に任命され、俊哲が没して以降空席となっていた鎮守府将軍に任命される。さらに翌年、征夷大将軍《せいいたいしょうぐん》となって再度東北の地を踏むことになった。

田村麻呂が征夷大将軍に任命された同じ年、出羽守を命じられた聡哲が東北へと入った。その頃すでに多賀城を拠点として暮らしていた田村麻呂の元を聡哲が訪ねたのは、彼が出羽守として出羽国へ赴く直前のことだった。

再会と、奇《く》しくもお互いが東北へ赴くことになった縁を肴《さかな》に酒を呑んだ夜、聡哲がふと尋ねたことがある。

「蝦夷と戦うこと、お辛《つら》くはないのですか？」

彼には、阿弖流為《あてるい》や母礼《もれ》のことをすべて話してあった。お互いが和議の道を探っていることも、なかなか折り合いがつかずにそれが上手くいかないことも。その中で、再び戦が起こりそうなことも。おそらくはあと数年のうちに、また帝は東征の命を下すだろう。征夷大将軍である、自分に。

聡哲の問いに、田村麻呂は答えなかった。その代わりに、口元は笑みを結ぶ。

「必ず、自分がこの戦いを終わらせる」

それが、阿弖流為《あてるい》との約束だった。


征夷大将軍、坂上田村麻呂が節刀を受け取り、桓武帝による三度目の東征へ赴いたのは、延暦二十年（八〇一年）。この戦の功により、田村麻呂は従三位《じゅさんみ》となった。ついには、かつて将軍として東征に赴いた弟麻呂と、同じ位まで上りつめたのだ。

⛩

今日もまた、東から太陽が昇り夜が明けていく。濃紺の空は白み、端から橙《だいだい》に染まって、天蓋に眩しい光を迎え入れる。幾度この景色を見ただろうかと、阿弖流為《あてるい》は黎《れい》明《めい》を仰いで白い息を吐き出した。

前年の戦で、征夷大将軍として舞い戻ってきた田村麻呂に、衣川を越えられ、ついには阿弖流為《あてるい》が本拠としていた胆沢地方まで攻め入られた。二度目の戦では十万を率いていた朝廷軍だったが、今度はたったの四万だった。その四万で、田村麻呂は今まで誰も立ち入ることのできなかった境界線を越えてきたのだ。直接刀を交えることはなかったが、櫓から見ていた限り、統率の見事さは敵ながら舌を巻いた。特に、今までと違って俘軍《ふぐん》の動きに一層磨きがかかった気がした。多賀城で陸奥按察使として務めていた彼が、帰属した蝦夷にどのような接し方をしていたのかがよくわかる。信頼できる将であれば、従う兵士たちの士気も自然とあがるものだ。阿弖流為《あてるい》たちもいろいろと策は講じたが、男手を取られ、家や畑を焼かれた村や集落が立ち直るには時間を要し、二度目の戦での傷が癒えきらないまま三度目の戦となってしまった。正直なところ、皆が疲れ果てている。朝廷軍と違い、全国の様々な場所から食料を調達できるわけでもなく、多くの武具をすぐに揃《そろ》えられるわけでもなく、戦に使える馬を育てるには年月がかかった。おまけに冬になれば、食べ物も乏しくなり、雪に閉じ込められる日々が続く。これ以上朝廷軍に数年の間隔で攻め入られ、しかもそれを率いているのが田村麻呂だとなれば、こちら側が先に疲弊するのは目に見えていた。

——ここが潮時だろう。

阿弖流為《あてるい》は、母礼《もれ》の姿を探して拠点にしている集落の中を歩いた。朝廷軍との二度目の戦で、息子の諸岩《もろいわ》を亡くした彼は、日に日に気力を削がれているようだった。先の戦では何とかひとつの隊を率いたが、思うように戦果をあげられず、老いという言葉すら口にするようになった。

「母礼《もれ》」

荒脛巾神《あらはばきのかみ》を祀る塚の前で、ぼんやり胡坐《あぐら》をかいていた盟友を、阿弖流為《あてるい》は呼ぶ。彼の妻も病で他界しており、残った唯一の娘は、ここより南にある村へ嫁ぎ、そこの長に従って朝廷へ帰属した。そして朝廷側が進める俘囚移住の計画にのっとり、下野国《しもつけのくに》へと移住を余儀なくされたと聞く。

「……胆沢に、ヤマトの城ができるそうだな」

塚石の方を向いたまま、母礼《もれ》がぽつりと口にした。

「ああ、そのためにまた田村麻呂が遣わされるそうだ。おそらく多賀城の機能を、胆沢に移す気でいるのだろう」

「戦をやって、城も造って……。多忙なことだな」

母礼《もれ》は皮肉めいて吐き出す。戦で命を落とした諸岩《もろいわ》を含む、戦士たちの遺品を直接届けてくれたのは、田村麻呂直属の部下である石成だった。遺体は手厚く葬ったと、田村麻呂からの伝言を添えて。

「母礼《もれ》、……もう限界だろう」

阿弖流為《あてるい》がそう口にすると、母礼《もれ》は何も答えなかった。最後まで和議に反対していたのは、彼の一派なのだ。しかしそれももう、以前のような勢いはない。皆が戦に疲れ、飽いていた。

「田村麻呂を信じてみぬか」

阿弖流為《あてるい》の腰には、二振りの刀があった。今まで並ぶことなど考えられなかった、蝦夷とヤマトの刀だ。

母礼《もれ》はやはり何も言わなかった。何も言わずに、ただ肩を震わせて泣いた。

無垢《むく》な朝陽《あさひ》が、蝦夷の大地を照らしていく。

「……私がこんなことを聞くのは、おかしいかもしれないが」

胆沢城建設のため東北へ戻った田村麻呂に、阿弖流為《あてるい》からの使者が来たのは、まだ春も浅い頃だった。

「本当にいいのか？」

田村麻呂は、阿弖流為《あてるい》と、その傍らに立つ母礼《もれ》へと問いかける。

彼らが田村麻呂を連れてきた場所は、かつて阿弖流為《あてるい》が生まれ育ったという集落の近くだった。今はそこからいくらか西に移動してしまっているが、この山麓にある巨石の斎場は、今でも彼らの祈りの場であり、阿弖流為《あてるい》がいつか田村麻呂を連れて行きたいと言ってくれていた場所だ。苔《こけ》むした岩の周りには、薄青の荒脛巾神《あらはばきのかみ》の花が咲き乱れていた。

「訊くな」

しかめ面で、母礼《もれ》が言い返した。しばらく見ないうちに、随分痩せたように思う。

「皆で決めた結論だ」

阿弖流為《あてるい》がそう言って、改めて田村麻呂を見据える。

「この阿弖流為《あてるい》と母礼《もれ》の率いる約五百人余り、ここに、和議を申し入れたく……」

荒脛巾神《あらはばきのかみ》が降りるという依《よ》り代《しろ》の前で、二人の蝦夷が静かに頭を下げた。

「どうか、帝に取りなしてはくれまいか」

田村麻呂は口を引き結び、眉間に力を入れる。

ようやく、という思いと、阿弖流為《あてるい》のこんな姿を見たくなかったという思いと、両方が胸にあった。どこかできっと、憧れのようなものを抱いていたのかもしれない。決して屈することのない、北天の雄に。

「我らの命は好きにしていい。しかし、兵たちのことは見逃してやってくれ」

いつかの田村麻呂と同じようなことを、阿弖流為《あてるい》は口にする。

「朝廷が、憎き蝦夷の頭を生かしておくとは思っておらぬ。妻や子も、すでに安全な場所へ逃がした」

ある意味晴れ晴れとした顔で言う阿弖流為《あてるい》を、田村麻呂は何も言わずに見ていた。

正直なところ、彼らの処遇については同じ意見だ。今までの犠牲を思えば、朝廷側がこのまま蝦夷の土地を安堵《あんど》し、首魁《しゅかい》まで生かしておく可能性は低い。つまりは、阿弖《あて》流為《るい》と母礼《もれ》の命と引き換えに、この戦を終わらせてくれということだ。

「……帝へ報告する。もしかしたら、上洛《じょうらく》を言い渡される可能性もあるが……」

田村麻呂は、迷いながら口にする。上洛せよと言われてしまったら、もうそれは処刑が確定することと等しい。あの日、石成たちとともに捕らえられてから、もう十年近くが経っている。田村麻呂も齢《よわい》四十を超え、阿弖流為《あてるい》たちはさらに年上だ。もう下の世代に頭の立場を譲ってもおかしくはない。きっと、自分たちの手で区切りをつけたかったのだろう。この戦いが不毛であることは、お互いに理解している。

「田村麻呂、これを」

やがて阿弖流為《あてるい》が、腰から一振りの刀を外して差し出した。それは、子どもの頃に森で出会った時から、彼が身に着けていた蝦夷の刀だ。ヤマトの刀よりも太くて短く、柄《つか》の部分に特徴的な反りがある。

「これは父から譲られた刀だ。俺の右腕に等しい。それを、お前に託す」

受け取った刀は、ずっしりと重かった。鞘から引き抜くと、やや研ぎ減っているが、それだけ愛されたことがわかる、冴《さ》え冴《ざ》えとした刀身があった。田村麻呂はそれを眺め、おもむろに巨石へと向き直る。三十二年前、阿弖流為《あてるい》が自分をここに連れてきたいと望んでくれた場所に、まさかこんな形で来ることになるとは思いもしなかった。

「蝦夷の母、荒脛巾神《あらはばきのかみ》よ。そして……阿弖流為《あてるい》の母様」

両手で捧《ささ》げるように刀を持ち、田村麻呂はその場に膝を突いた。

「この刀にお誓い申し上げる。必ずこの地に、平穏を取り戻すと」

阿弖流為《あてるい》と母礼《もれ》も、田村麻呂に倣って膝を突く。

「貴女の子らを、最後までお守りいたしましょう」

そう口にした瞬間、巨石の背後にある山から吹き下ろすような風が吹いて、三人の正面からぶつかり、服の裾に絡みついて後ろへと抜けていった。まるで春の香りを含んだ大きな手が撫でていったようだった。きっと、了承したという返事だろう。あまりの清々《すがすが》しさに、三人はしばらく呆《ほう》けたようにその場から動けなかった。

「……帝には、二人が胆沢に留まれるよう申し上げてみよう。望みは薄いが……、やってみなくてはわからん」

やがて刀を鞘に納め、田村麻呂はそれを腰に佩いた。

「ああ、頼む」

そう頷く阿弖流為《あてるい》の腰には、いつか田村麻呂が差し出したヤマトの刀がある。

荒脛巾神《あらはばきのかみ》の花が、春の陽を受けて踊るように揺れていた。

これまで散々朝廷軍の手を焼かせてきた阿弖流為《あてるい》と母礼《もれ》ではあったが、言い換えれば、それだけ統率力を持ち、蝦夷の民に慕われていることになる。彼らが帰属したとなれば、もうむやみに反抗する蝦夷もいなくなるだろう。彼らには、元々の故郷を領地として与える形にすれば、現地の統制もしやすくなる。これからは東北で血を流すことなく、共存していくことができるはずだ。そう考えていた田村麻呂は、その想いを余すことなく文にしたためて朝廷へ送った。

――しかし、朝廷が出してきた答えは、二人を連れての上洛だった。

一度平安京の土を踏んでしまえば、阿弖流為《あてるい》と母礼《もれ》が無事に出られる可能性は限りなく低い。

「かまわん。覚悟はとうにできている」

東北を出る前に、今ここでなら、矜持《きょうじ》を守って死ぬこともできると言った田村麻呂に、阿弖流為《あてるい》はあっけらかんと笑ってみせた。

「しかし京へ行けばもうここへは――」

「田村麻呂」

命を守れるのなら、せめて蝦夷の誇りを抱いて燃え尽きて欲しいと思っていた田村麻呂に、母礼《もれ》がどこか得意げに笑って呼びかける。

「俺たちにとって処刑など怖くはない。それは命を懸けて戦った結果であり、それを受け入れるのが戦士だ」

嵐にも怯えぬ獣の目で、母礼《もれ》は告げる。

「それに俺たちは、それよりもっと怖いものを知っている」

顔を見合わせて笑う二人の蝦夷を、田村麻呂は複雑な思いで見ていた。

延暦二十一年（八〇二年）七月、田村麻呂は阿弖流為《あてるい》と母礼《もれ》を連れて入京した。田村麻呂は彼らを捕虜ではなく一人の武人として扱い、自らの愛馬にまたがって堂々と平安京の地を踏む蝦夷の族長たちに、人々は恐れと好奇の目を向けた。しかしその異例の扱いも長くは続かず、阿弖流為《あてるい》と母礼《もれ》はすぐに牢の中へと繋がれた。それでも田村麻呂は頻繁にそこを訪ね、時には話を聞いて出羽から一時戻ってきた聡哲と一緒に訪れ、今後の東北運営について語り合った。叶わぬとわかっていながら、彼らが蝦夷の長として治める東北の話は、炎のように熱く、雪のように儚《はかな》かった。

「ところで、以前お主らが言っていた、死よりも怖いものとはなんだ?」

処刑など屁《へ》とも思っていない二人に田村麻呂が尋ねると、彼らは少年のような顔をして笑い合った。

「なんだと思う?」

阿弖流為《あてるい》に問われ、田村麻呂は首を捻《ひね》った。真っ当に考えれば、家族や故郷を失うこと、などという答えが浮かんだが、阿弖流為《あてるい》はそれも当たっているが答えは違うと首を振った。

「正解はなぁ、母礼《もれ》?」

にやにやと阿弖流為《あてるい》が促すと、母礼《もれ》がもったいぶって口にする。

「田村麻呂、お前も夜、東北の深い山に閉じ込められてみろ。神々が蠢《うごめ》く闇ほど、怖いものなどないぞ。阿弖流為《あてるい》は怖くて泣いたほどだ」

「お前も泣いていたではないか!」

「小便も漏らした」

「嘘だ! 信じるなよ田村麻呂」

そこが牢だと忘れるくらいの和やかな時間は、瞬きの間に過ぎ去った。

「お待ちください」

七月が終わる頃、阿弖流為《あてるい》たちの処遇を聞かされた田村麻呂は、間髪を入れずそう声をあげた。

「今一度、お考え直しいただくわけにはいかぬのでしょうか！」

本来ここで、田村麻呂が口を出せる身分ではない。田村麻呂の両脇には、太政大臣《だいじょうだいじん》をはじめ、参議たちまでもが顔をそろえていた。厳しい目で田村麻呂を見つめる者もいれば、俯いて視線を合わせない者も、複雑な表情で成り行きを見守る者もいる。

「何度考え直しても同じじゃ。奴らを東北に帰してはならぬ」

帝はそれ以上口にすることを憚《はばか》るように、ふいと顔をそむけた。それを見て、右大臣《うだいじん》の神王《みわおう》が代わりに田村麻呂に告げる。

「奴らを再び東北へ放還することは、帝の御心に患いを残すことになる。すなわち虎を養ってやるのと同じこと」

「よって斬首が相応しいと、こう仰せである」

右大臣に続き、大納言《だいなごん》の壱志濃王《いちしのおう》があっさりと口にする。彼ら二人は桓武帝の従兄弟《いとこ》でもあり、田村麻呂よりもずっと関係が深い。おそらくはこの結論を、三人で話し合ったのかもしれない。

「しかし、あちらから降伏してくれたものを斬首など、あまりにも……」

「では訊くが、これまでの戦でいかほどのヤマトの民が死んだのだ？」

右大臣に問われ、田村麻呂は声を詰まらせた。積み重なる死体の山を、少なくとも二度は目にしている。

「蝦夷は憐《あわ》れんでも、ヤマトの民を憐れむことはできぬと申すか？」

「そうではありません。蝦夷もヤマトも、双方血を流さなくて済むのであれば、それが一番ではありませんか」

「武門の坂上は、いつからそのような兼愛を唱えるようになったのだ？」

口元を袖で隠して右大臣が笑い、それにつられてざわざわと低い囁《ささや》き声《ごえ》が広がる。

田村麻呂は周囲を見回したが、誰もが目を逸らして加勢してくれそうな者はいない。

わかってはいたが、じわじわと冷たい絶望が改めて胸の中に広がる。この中には、実際に蝦夷と戦った者はいない。あの深い山々に抱かれた土地で、荒脛巾神《あらはばきのかみ》の息吹を感じ、同じ人間として相対した者がいないのだ。死んでいったヤマトの民を憐れみながら、その死に顔すらこの貴族たちは見たことがない。

命を散らすのはいつも、その前線に立つ者だけだ。

「話は以上だ。処刑の日程は追って知らせる」

帝が退席しようと立ち上がるのを見て、大納言がそう言ってその場を締めた。

「お待ちください！」

「あきらめろ田村麻呂」

「お待ちください帝！」

「しつこいぞ」

追いすがろうとした田村麻呂を、大納言が足蹴にするようにして引き離した。参議たちが気の毒そうな目を向けながらも、遠巻きにして去っていく。

結局この宮中に味方などいなかったのだ。いくら位を上ろうとも、所詮やんごとない生まれではない自分は。

最初から、無力であることが決まっていたのだ。

「――馬鹿馬鹿しい。そんなことは、初めからわかっていたではないか」

一人取り残された田村麻呂は、拳を握って顔を上げる。

だからここであきらめるのか？

二人の命が潰《つい》えるのを、黙って見ているのか？

否。そうならないために、自分がいるのだ。

それから田村麻呂は、何度も何度も参議の元に通って、帝を説得してくれるよう頼んだ。中には阿弖流為《あてるい》たちの統率力を見込んで、田村麻呂の案に賛成する参議もいたが、双方譲らず結論が出ないまま日数だけが過ぎた。

そして延暦二十一年（八〇二年）八月十三日。

その日付すら田村麻呂に知らされず、河内国杜山《かわちのくにもりやま》にて、阿弖流為《あてるい》と母礼《もれ》の処刑は決行される。

寝耳に水の知らせを聞いて取り乱し、慌てて駆けつけ、最後まで二人の助命を乞うた田村麻呂の目の前で、二人は首を落とされた。

⛩

思い出す必要もないほど、脳裏にこびりついて離れないあの日の光景は、目を瞑《つぶ》るだけで簡単に再生される。征夷大将軍だともてはやされ、東北を制した朝廷の誇りだと、死後神として祀られるようになっても、あの日を忘れたことなど一度もない。

「……私に、何ができるというのだ。……なあ、阿弖流為《あてるい》」

首を落とされる直前、こちらを見つめる彼の目は、千年以上の時を経てなお、田村麻呂の心を締め上げる。

聡哲に引きずられるようにして帰っていく天眼の娘の後ろ姿を見送って、田村麻呂は自嘲気味につぶやいた。

「私は友を、救えなかったのだぞ……」

腰に佩いた蕨手刀《わらびてとう》は、あの日からずっと抜けないままだった。

ワンポイント
神様講座 5

坂上田村麻呂《さかのうえのたむらまろ》の墓所ってどこ？

田村麻呂は54歳でこの世を去りますが、墓所がどこであるかは定かではありませんでした。明治時代、平安遷都1100年に際し整備された墓所が京都市山科区《やましなく》にありますが、現在ではそこよりも北西にある西野山古墓が有力視されています。位置、年代が一致し、さらに副葬品などから被葬者は上級貴族であり武官であるとされていますが、現在墓の位置は竹藪に覆われ特定できなくなっています。

田村麻呂は死後、
甲冑、剣、弓矢を身につけた姿で
棺に納められ、平安京を守るよう、
立ったまま埋葬されたという
伝説もあるのだぞ。

五柱　自らの役割

一

良彦が目を覚ましたのは、密かに月読命《つくよみのみこと》の社に運び込まれてから、二日後の昼前のことだった。見慣れない天井と、自分を覗《のぞ》き込《こ》む懐かしい神々に、最初は夢を見ているのかと思った。しかし体を動かそうとすると、至るところに痛みが走り、現実なのだと思い知る。

「うむ、もう心配ないようだな」

良彦の顔の横で、少彦名神《すくなびこなのかみ》が満足そうに口にした。

「結構早かったね。もうちょっとかかるかと思った」

枕元では、水干《すいかん》姿の一言主大神《ひとことぬしのおおかみ》がこちらを見下ろしている。その隣には、ほっとした様子のお華《はな》の姿もあった。

「……ここ、どこ?」

良彦はほとんど声にならない声で、そう尋ねた。これだけ神々が勢ぞろいしているのも珍しい、などと、頭の片隅で暢気に思う。

「月読命《つくよみのみこと》の社だ。仙台《せんだい》から帰還して、二日が経っている」

落ち着いた口調でそう返してくれたのは、高龗神《たかおかみのかみ》だった。

「二日……？」

「ああ、今大国主神《おおくにぬしのかみ》を呼びに――」

そう言い終わらないうちに、けたたましい足音が近寄ってくるのが聴こえた。

「良彦！」

走ってきた勢いのまま床の上を滑って転んだ大国主神《おおくにぬしのかみ》が、そのまま這《は》い寄《よ》ってくる。

「あああ、よかったぁ！」

「……顔が近い」

「心配したんだよ！　人の子なんてすぐ死んじゃうから！」

心底安堵した顔で、大国主神《おおくにぬしのかみ》が胸をなでおろした。すると後からやって来た見知らぬ女神が、大国主神《おおくにぬしのかみ》を半ば押しのけるようにして良彦の前に出る。可愛《かわい》らしく結い上げた髪に、春の陽のように柔らかな淡黄色と若草色の装束を重ね着していた。その後ろに、さらに二柱の女神が控えている。

「良彦殿、この度は義父がついていながら、御身をこのような目に遭わせてしまい、面目次第もございません」

そう言って深々と頭を下げられ、良彦はまだはっきりしない頭のまま、ぼんやりとそれを見ていた。

「……いや、えーと、……行くって言ったのはオレで……」

「そうであっても、義父も義母も止めるべきでございました」

「その……ちちとははっていうのは」

良彦が大国主神《おおくにぬしのかみ》に目を向けると、苦い顔をした彼が渋々口にする。

「僕と須勢理《すせり》のことだよ。彼女は、僕の息子の嫁だ。……正確に言うと、その息子は須勢理《すせり》の子ではないんだけど……」

「日名照額田毘道男伊許知邇神《ひなてるぬかたびちおいこちにのかみ》と申します」

大国主神《おおくにぬしのかみ》の言葉の後に続けて、彼女は名乗りながらもう一度優美に礼をする。

「ひなてる……ぬか……び……うん、どうも……」

「良彦殿の御手当は、少彦名神《すくなびこなのかみ》の指導の下、こちらの蚶貝比売《きさかいひめ》と蛤貝比売《うむきひめ》、それに大気都比売神《おおげつひめのかみ》の子らが請け負いましたのでご安心ください。まずはゆっくりとお体をお休めくださいませ」

そう言うと、日名照額田毘道男伊許知邇神《ひなてるぬかたびちおいこちにのかみ》は、人の子が何か食べられるものを用意いたしましょう、と言って席を外した。その後ろ姿を、大国主神《おおくにぬしのかみ》が何か言いたげに見送る。先ほどの言い分を聞いている限り、おそらく自分が気を失っている間に、息子嫁にこってりと絞られたのだろう。

「……お前、怪我は？」

背を丸めて座り直す大国主神《おおくにぬしのかみ》を眺めて、良彦はふと尋ねた。そういえば彼も、傀儡からの攻撃を受けていたはずだ。

大国主神《おおくにぬしのかみ》は一瞬きょとんとして、やや狼狽《ろうばい》するようにあちこちの関節を曲げてみせる。

「僕は何ともないよ。かすり傷程度。蚶貝比売《きさかいひめ》と蛤貝比売《うむきひめ》の薬でもう治ったし」

「そっか……。よかった」

大きく息を吸うと、まだ胸の中央が痛む。しかし笑みを作ることはできた。ようやく頭にかかる靄《もや》が晴れてきた気がして、良彦はゆっくりと瞬きをする。

「……黄金は？」

良彦が問うと、大国主神《おおくにぬしのかみ》が一瞬だけ口元に力を入れて、首を振った。

「君を連れて帰るのが精いっぱいで……」

「そっか」

「力になれずにごめん。しかも、怪我までさせた」

「何言ってんの。オレが勝手に行ったんだよ。お前がいたから死なずに済んだ」

上体を起こそうとした良彦は、腕や腹などに草の汁のようなものが塗られ、湿布やガーゼの代わりに木の葉が貼られていることに気付いた。神様らしいといえば神様らしい手当てだが、一発で治してくれるような都合のいいものではないらしい。傍にいた一言主大神《ひとことぬしのおおかみ》たちの手を借りて何とか起き上がると、あちこちに鈍痛はあるがどうにか動けそうだった。

「良彦さん！」

入口の方から声がして、穂乃香が須勢理毘売《すせりびめ》や聡哲と一緒に姿を見せた。

「穂乃香ちゃん……」

「あー、ごめん良彦、事情を知ってる人の子がいた方がいいと思って、須勢理《すせり》が事情を話したんだ」

大国主神《おおくにぬしのかみ》が、少しバツの悪そうな顔でそう告げた。

急いで駆けてきた穂乃香が、起き上がった良彦の姿を目にして涙ぐむ。

「よかった……！」

そう言って、両手で顔を覆う穂乃香を前に、良彦はうろたえた。

「なんか、ごめん、心配かけたみたいで……」

心配させないようにしたつもりだったが、結果裏目に出てしまった。目が合った須《す》

勢《せ》理[illegible]売《め》が、無言のまま良彦を顔面で脅して穂乃香を指す。ち[illegible]んと慰めろというこ
とだろ[illegible]

「……あの、ごめ[illegible]ね……？」

「どうして黙っ[illegible]ったの!?」

[illegible]事情を知ってい[illegible]目で責められて、良彦は体を小さくする。

「ぱっ……」[illegible]、私だけなんだよ？」

[illegible]らされなかったら、何かあった時にフォローもできないよ」

「……うん」

「私にできるのは、それくらいしかないんだから、ちゃんと、話して……」

穂乃香の涙声は、徐々に勢いをなくして小さくなった。しかしそのことが余計に、良彦の胸に突き刺さる。仙台行きの夜行バスの中で、君はもう少し、君がいなくなって悲しむ人のことを想像した方がいい、と言った、大国主神《おおくにぬしのかみ》の言葉を思い出した。

「御用人殿、御無事で何よりでした」

穂乃香の肩を須勢理毘売《すせりびめ》が抱くのを見て、今度は聡哲が良彦の横で膝を折る。

「実は昨日、穂乃香殿と一緒に、もう一度田村麻呂様にお会いしてきたんです」

思いがけない言葉に、良彦は目を瞠《みは》る。

「どうにか味方になってもらえないかと、穂乃香殿たっての希望で参りましたが……、残念ながらお力になれず……」

「……そっか」

良彦は、涙を拭っている穂乃香にもう一度目を向ける。自分の惨状を知って、きっと居ても立ってもいられずに動いてくれたのだろう。

「ありがとう」

告げると、穂乃香は瞳を潤ませたまま首を振った。

「いえ、には立てなかったから……」

「ないよ。聡哲も、ありがとな」

謙虚に聡哲がその場にいた神々が弾《はじ》かれたように顔を上げた。何事か、と良彦が周囲をとしてうとした瞬間、ふ、と清涼感のある香りが漂ったかと思うと、小さな風がに一柱の男神《おがみ》を召喚する。

「目覚めた

音か床に足をつけた彼は、その月光を宿す金色の眼に良彦を捉えた。背中でさらさらと揺れるのは、夜の漆黒を思わせる艶《つや》やかな黒髪。

「……もしかして……月読命《つくよみのみこと》……？」

それは良彦が見慣れた白銀の男神ではなかった。荒魂《あらたま》を取り戻して赤子に戻った彼は、弟の助けを借りながら元の姿を取り戻したのだ。

「本当の姿って、そんな感じだったんだな……」

「お前のおかげでこの通りだ。記憶も徐々に蘇って、和魂《にぎたま》のみで存在していた頃のことも、日記を読みながら補填している」

月読命《つくよみのみこと》は、形のいい唇を引き上げて微笑む。その場にいた神々が、次々に頭を垂れて、三貴子《さんきし》の一柱である彼に場所を譲った。

「荒脛巾神《あらはばきのかみ》のところに行ったと聞いた時は驚いたぞ。おまけに怪我までして帰ってくるとは。瀕死《ひんし》の良彦をここに置いてくれとやって来た、大国主神《おおくにぬしのかみ》の取り乱し様を見せてやりたかった」

ちらりと視線を向けられて、大国主神《おおくにぬしのかみ》が開き直るように肩をすくめてみせる。

「だってこのまま家に帰すわけにもいかないし、大天宮《だいてんぐう》に連れて行ったら騒ぎになるし、うちの分社だと義父にすぐに嗅ぎつけられそうだったから、月読命《つくよみのみこと》の社なら盲点だろうと思ったんだよ」

「それでここに……」

　良彦の中でようやく情報が繋がって、改めて社の中を見回した。ここで彼の日記を調べていたのは、もう半年ほど前のことだ。大天宮と同じく、外から見る大きさより、中が随分広いことに驚かされる。

「お前の怪我について、普段であれば手出しは無用だが、今回は神が傷つけたものを神が治すという点において特例で許している。あまり無茶をするな」

　苦笑した月読命《つくよみのみこと》が、良彦の傍らに腰を下ろす。白い衣の袖がふわりと揺れるたび、爽やかさの中にどことなく果実の甘さを思わせる香りが漂った。

「ご、ご迷惑をおかけしております……」

「まったくだ。お前が傷を負ったと聞いて、いろいろな神々が代わる代わる顔を見に来る。忙《せわ》しくてかなわない」

　月読命《つくよみのみこと》の視線を追うと、富久《ふく》と謡《よう》を連れた久延毘古命《くえびこのみこと》や、天棚機姫神《あめたなばたつひめのかみ》などの姿もある。皆が駆けつけてくれたのかと思うと、ありがたいやら申し訳ないやら複雑な気分だった。

「お前が攻撃を受けたということで、建御雷之男神《たけみかづちのおのかみ》を中心に、荒脛巾神《あらはばきのかみ》をすぐにでも討伐すべきであるという動きが顕著になってきた。もはや荒脛巾神《あらはばきのかみ》は、正常な判断ができない状態だと観《み》るが、どうだ？」

月読命《つくよみのみこと》に尋ねられ、良彦は傀儡の漆黒に沈んだ顔を思い出し、微かに身震いする。

「……オレと大国主神《おおくにぬしのかみ》が会ったのは、荒脛巾神《あらはばきのかみ》の本体じゃなかったけど、確かにちょっと様子はおかしかった気がする」

黄金とどうにか話ができないかと、彼の名前を呼んだ時に、傀儡が狂おしげに叫んだことを覚えている。

どうして私ではなかったのだ、と。

「私だって同じなのにどうして……って。兄弟も同じじゃないといけないって、言ってた、と思う。同じ空虚を抱えているから、龍はひとつになるとかどうとか……」

良彦が大国主神《おおくにぬしのかみ》に目を向けると、同意するように頷いた。あの言葉の意味は、未だによくわからない。

「なんとかっていう、人の名前？　みたいなやつも言ってたけど、もうその時には意識が朦朧としてたから、よくわかんなかった」

あれは、誰の名前なのだろうか。いまはもういなくなった、と口にした傀儡は、その瞬間だけ、どこか途方もない悲哀を背負っているように見えた。

「……同じ空虚、か」

月読命《つくよみのみこと》が、思案するように自分の顎に触れる。

「おそらくは、蝦夷を守れなかったという己の喪失感の中に、方位神《ほういじん》を引きずり込もうとしているのだろう。お互いの意識の中に融《と》け合《あ》うことで、それを強固なものにしようとしている……。そこに、『同じ空虚』があればなおのこと早い」

「同じ空虚……」

良彦は小さくつぶやく。果たして黄金にも、そのような感情があるのだろうか。自分には見せたことのない、深淵《しんえん》が。

良彦の心中を読み取るように、月読命《つくよみのみこと》が続ける。

「長く生きていれば、表には出さなくとも、それなりのものがあるだろう。そこを握られてしまったら、分離するのは難しいやもしれぬ」

「でも逆に言えば、そこを防御できたら、これ以上の融合は防げるかもしれないってこと？」

「可能性はなくはないが……」

しかしどうやって？　と言外に尋ねるように、月読命《つくよみのみこと》が言葉を濁す。良彦も、何か策があって口にしたわけではない。ただの思い付きだ。そもそも記憶や感情を読み取られないようにすることなど、できる気がしない。そんなことを思って、渋いため息を吐き出した良彦は、ふと頭の片隅で再生された景色にハッとする。暗闇の中で、割れた土器を前に微動だにしない黄金の姿。どこで見たのだったかと記憶を探るが、よく思い出せない。見覚えのあるじいさんもいた気がするのだが。

「喪失感と関係するかどうかはわからないけど、良彦が名前を呼んだ時、傀儡が反応はしたんだよね。黒い玻璃《ガラス》みたいなやつが割れて、黄金様の目が見えたんだ。あの、萌黄《もえぎ》色《いろ》の……」

その場面を思い描くように、大国主神《おおくにぬしのかみ》が天井を仰ぐ。

「ほう、良彦の声に反応したのか」

「そんなふうに、僕には見えたけど……」

そう言ってやや間を置き、大国主神《おおくにぬしのかみ》はちらりと月読命《つくよみのみこと》に目を向けた。

「……あのさ、もしかして須佐之男命《すさのおのみこと》は、良彦が荒脛巾神《あらはばきのかみ》に会いに行くってわかってたんじゃない？」

唐突な言い分に、月読命《つくよみのみこと》より早く、良彦が反応する。

「えっ、なんで⁉」

「だって良彦の性格を思えば、手を出すなって言われて強制送還された時点で反発しそうだし、人の子には関係ないって言われたら、そんなこと言うな！　って怒鳴り込みそうだし、そんな良彦を僕が見捨てられないだろうって、そこまで読まれてた気がする……」

大国主神《おおくにぬしのかみ》は腕を組み、喉の奥で唸《うな》る。

「須佐之男命《すさのおのみこと》は、良彦が行けば、黄金様を喰《く》った荒脛巾神《あらはばきのかみ》が何らかの反応を示すだろうって、ある程度予測してたんじゃないのかな……」

「……オレたち、まんまとのせられたってこと？」

二人の会話を、月読命《つくよみのみこと》が興味深そうに頬杖《ほおづえ》をついて聞いている。

「でも確かに、お父様のやりそうなことではあるわよね。そもそも無理難題を与えるのが趣味みたいな神《ひと》だし」

傍で聞いていた須勢理毘売《すせりびめ》がそんなことを言って、大国主神《おおくにぬしのかみ》が複雑な目を向けた。

「須勢理《すせり》……、君との結婚のために僕がくぐり抜けた試練を、趣味で片付けないでくれるかな」

「克服できると思った人にしか、試練を与えないって話よ。お父様は最初から、この件に関しては良彦が――、人の子が不可欠だと思っていたんじゃないかしら。荒脛巾《あらはばきの》神《かみ》のところにあえて行かせたのは、その覚悟が見たかったのかも。……もしかしたら、ずっと前からそう考えていたのかもしれないわ」

須勢理毘売《すせりびめ》が、何か思い出すような素振りで続ける。

「去年の秋くらいに、お父様から訊かれたことがあったの。良彦は良《よ》い御用人かって。その時は、賢さはともかくいい奴よって答えたんだけど……」

「賢さはともかく？」

「思えばその頃から、良彦のことを見極めようとしていたような気がするわ」

良彦のつぶやきはあえて無視して、須勢理毘売《すせりびめ》は説明した。

「何か……良彦さんに期待することが、あったんでしょうか……」

須勢理毘売《すせりびめ》の隣で、穂乃香が尋ねる。

「須佐之男命《すさのおのみこと》は……こうなることが、わかっていた、とか……？」

その小さな問いかけをきっかけに、自然と皆の視線が月読命《つくよみのみこと》へ集まった。この兄であれば、弟の思惑を知っていたとしても不思議ではない。図らずも注目を浴びてしまった月読命《つくよみのみこと》は、苦笑して口を開いた。

「残念ながら、私は弟がどんな思惑を持っているのかは知らないよ。ただ言えることがあるとしたら、彼には全国を網羅する情報源があって、今もなお彼に命じられた精霊やら眷属神《けんぞくしん》やらが、情報収集に走り回っているということくらいかな」

果たしてそれが本当なのかどうか、良彦には確認する術がない。たとえ知っていたとしても、月読命《つくよみのみこと》ならば黙っている可能性もある。ならば、直接本神《ほんにん》に確認を取った方が早いのかもしれない。

「まあ、たとえオレは須佐之男命《すさのおのみこと》の思惑通りに動いていたとしても、それで黄金を救えるんならかまわねぇけど……」

ぼそりと口にして、良彦は天井を仰ぐ。相手は神様なのだ。こちらが優位を取れるはずもない。掌で転がそうとするなら、転がされてやるまでだ。

「……あのさ、今更だけど一応聞いていい？」

良彦はふとそのことに思い至って、月読命《つくよみのみこと》に目を向ける。

「なんだ？」

「三貴子としては、その……どっちの味方っていうか……、黄金を取り戻して、『大建て替え』をやめさせたいっていう派閥の方だって、思っててもいいの？」

率直な問いに、月読命《つくよみのみこと》が意味深な笑みを浮かべた。

「さてな。姉者である天照太御神《あまてらすおおみかみ》は、国之常立神《くにのとこたちのかみ》のお出ましを待つというお考えだ」

「じゃあ、月読命《つくよみのみこと》の考えは？」

良彦は神妙に問いかける。まさかここでどんでん返しがあったりするのだろうか。良彦の顔があまりに情けなかったのか、月読命《つくよみのみこと》は顔を伏せ、肩を揺らして笑いを堪えた。そしてそれを引きずったまま口を開く。

「私は、御用とはいえそなたには恩があるのでな。――ただ、神として判断をせねばならぬ時は、必ずしも味方になり得るとは限らぬぞ」

それを聞いて、良彦はほっとしつつも無意識に背筋を伸ばした。

「うん……わかった。ありがとう」

神とは理不尽なものだと、最初に教えてくれたのはお華だったか。

それは決して、人の望みを叶える存在ではないのだと。

「私だけではない。人の子など季節ごとに舞い散る木の葉にすぎぬと言いながら、その木の葉を愛《め》でる酔狂な者もいれば、新たに芽吹く若葉を見守る者もいる」

良彦の身体から剝がれ落ちた木の葉を、月読命《つくよみのみこと》が摘まみ上げて眺めた。薬液を塗った場所に貼られていたそれは、今はもう乾いてしまっている。誰がそれを貼ってくれたのか、良彦にはわからなかった。

「まずは傷を癒《いや》せ。そろそろ腹が減ったのではないか？」

「……実はめっちゃ減ってる」

そう答えた途端、良彦の腹が鳴って、その場はようやくささやかな笑いで満たされた。

二

もともと仙台で一泊し、翌日の夜行バスで京都に帰ってくる予定だった良彦は、本来であれば今日の朝には自宅に戻っていなくてはいけない。家族が帰宅する夜には家におらねば、母親あたりから、どこにいるのかとメッセージが送られてくるだろう。まだいろいろなところを庇いながらでないと歩けない良彦は、もう一日月読命《つくよみのみこと》の社にいさせてもらうことにして、母には仙台でもう一泊すると連絡しておいた。明日のバイトは、体調不良を理由に休むしかないだろう。迷惑をかけるが、このまま出勤する方が逆に心配されてしまう。幸い繁忙期ではないので、どうにかなるはずだ。

大国主神《おおくにぬしのかみ》の息子嫁である日名照額田毘道男伊許知邇神《ひなてるぬかたびちおいこちにのかみ》が、良彦でも食べられそうな食事を用意してくれて、どうにか空腹が落ち着いた頃、見舞い品の果実やお菓子などを持参した大地主神《おおとこぬしのかみ》と田道間守命《たじまもりのみこと》が姿を見せた。

「無事に目が覚めて何よりじゃ」

不器用な手つきながら、穂乃香が剝《む》いてくれたリンゴを齧《かじ》る良彦を眺め、大地主神《おおとこぬしのかみ》が安堵で表情を緩めた。

「一時はどうなることかと思いました。あ、これもよかったらどうぞ」

田道間守命《たじまもりのみこと》がハッピーターンを袋ごと差し出して、良彦はありがたく受け取る。果たして旨味《うまみ》の粉の正体についての議論は交わされたのだろうか。

「大天宮の様子はど[illegible]？」

脇息《きょうそく》に体を[illegible]煙管《きせる》をふかす月読命《つくよみのみこと》が尋ねる。夜色の髪が、背中からさらさらと流れ[illegible]じゃ。討伐派と穏健派の睨《にら》み合《あ》いが続いておる。黄金を引きはがすこと

「目[illegible]はどちらも賛成しているが、現状ではその方法がわからぬので、どちらも決[illegible]を欠いているところじゃ」

手元のハッピーターンを聡哲が興味深く覗き込んでいることに気付いて、良彦はいくつかを分けてやる。田道間守命《たじまもりのみこと》がそれを指しながら、この粉が旨味の――と得意げに説明した。

「やはり、そうか」

月読命《つくよみのみこと》は何か思案する様子で煙を吐くが、本当のところは何も考えていないのかもしれない。直情的な弟より、兄の方が腹の中が見えづらかった。ただ現時点では、こちらの味方でいてくれることは確かだ。

「さっき月読命《つくよみのみこと》とも話したんだけど、荒脛巾神《あらはばきのかみ》は蝦夷を守れなかったっていう自分の喪失感の中に、黄金を引きずり込もうとしてるんじゃないかって。それを止めることができれば、融合を止められるかもしれない」

「ほう、それは興味深いが……、どうやって止めるのじゃ？」

「そこなんだけど、大地主神《おおとこぬしのかみ》は、黄金の『喪失感』について何か知ってることない？　なんつーか、悲しい出来事とか、後悔とか、そういうのでもいいと思うんだけど」

確か大地主神《おおとこぬしのかみ》と黄金は、古い付き合いだと聞いている。しかし幼い女神は、しばし考え込んだのちに首を振った。

黄金が元は金龍であったことは知っている。東の黒龍……荒脛巾神《あらはばきのかみ》と、対の兄弟で

そういうことも。蝦夷の一件がきっかけで、荒脛巾神《あらはばきのかみ》は眠りにつくことになったが、とはあまりいてさえ、あの狐からは詳しく聞くことはなかった。もともと自分のこととしての役目も拘がらぬ奴だからな……。大地の守護神として、方位に関する神の頭らぬ。思えば、思い出話などはほとんど隠居してから少々口は悪くなったが、生真面目なところは変わたのか、わらわも詳しくは知らぬことの方が多いのじゃ」

「そんな気はしてたけど、やっぱそうか……」

落ちているハッピーターンを拾い食いする方が悪いと思うのだが。

「なんだ、良彦もこの白狐と知り合いだったのか」

大国主神《おおくにぬしのかみ》が、余ったハッピーターンを齧る。

「良彦もって……お前の知り合い？」

「いや、君がここに運び込まれた時、一瞬だけ顔を見せたんだよ。すぐいなくなったけど」

「こちとら脱走眷属なもんでね。長居は無用よ」

白狐の態度は随分やさぐれているが、先ほどから穂乃香が差し出す源氏《げんじ》パイをむさぼっているので、食べ物さえ与えておけばどうにかなるかもしれない。一連の流れを見ていた月読命《つくよみのみこと》が、先ほどから笑いをかみ殺して肩を震わせている。まさか彼も、眷属とはいえお菓子で神が釣られてくるとは思わなかっただろう。

「そんで、わしになんか用事なんか？　早いとこ終わらしてくれ」

なにやら腹を括《くく》ったらしい白狐が、後ろ足で面倒くさそうに耳の後ろを掻いた。彼のその何気ない仕草が、黄金のことを思い出させる。

「ちょっと黄金のことで訊きたいことがあってさ」

良彦は、感傷的になりそうな心をどうにか奮い立たせた。

「あんた、黄金と知り合いだって言ってたよな？　いつくらいからの知り合いなの？」

白狐は、少し考えるように視線を動かして答える。

「ざっと数えても……千五百年以上前か」

「じゃあ、あいつの過去に何があったか知ってる？」

「あー、どうじゃろな。わしが金龍のとこにおったんはほんの数年じゃし、知らんことの方が多いじゃろ」

白狐は良彦と目を合わせずに、どこか適当に答える。その口の中に、穂乃香が見舞い品の中にあった葡萄《ぶどう》を入れて、良彦に続きを促した。

良彦は、どう訊けばいいかと思案して、ふとそのことを思い出す。

「なんか……六角形の模様の入った、土器……」

それは、どこで見たかも定かではないが、目覚めた時から頭の中に引っかかっている記憶だ。割れた甕《かめ》の前で、じっと佇《たたず》んでいたのは間違いなく黄金だった。

「それに関係すること、なんかなかった？」

「さあ、あったような、なかったような」

「桃もあるけど食う？」

「お前さん……わしのこと、食わせたら何でも吐く狐じゃと思っとる？」

「ってことは、知ってるんだ？」

白狐が、その手には乗らぬと言わんばかりに口をつぐんで、ふいとそっぽを向く。

どうやらここから先は、食べ物だけでは釣られてくれないらしい。

「……知りたいのは、黄金の過去っていうか、あいつがしたであろう辛い体験なんだ。そんなもん掘り返すことじゃねぇのはわかってるんだけど、それがわかれば、黄金を荒脛巾神《あらはばきのかみ》から引き離す方法が見えるかもしれない」

良彦はぎこちなく体を動かして、白狐に向き直る。

「だから、知ってることがあれば教えて欲しい。頼む」

それを見た白狐が、面倒くさそうに尻尾を揺らした。

「なんでそこまでやるんよ？　お前さん、普通の人の子じゃろ？　ましてこれは御用でもない。荒脛巾神《あらはばきのかみ》相手に勝てるとでも思っとんか？　そりゃ金龍のことは気の毒じゃけど」

嫌味ではなく、本気でわからない、といった様子で、白狐が首を傾げる。

「たとえお前さんが死んでも、神にとっては木の葉が一枚散っただけじゃよ？」

「ちょ、君ね……！」

白狐の言い草に、さすがに大国主神《おおくにぬしのかみ》が止めに入る。しかし良彦はあえてそれを押しとどめて告げる。

「そうだな。でも葉っぱにだってやれることがあると思う」

「なんじゃその犠牲心。あほらし」

白狐が鼻に皺《しわ》を寄せる。

「こんなに物の溢《あふ》れた飽食の時代に、嬉《うれ》し楽しで生きんでどうするんじゃ。それになんでわしがお前さんに話してやらにゃあいかんのじゃ。情報っちゅーんはな、価値があるもんじゃよ。ほいほい誰にでも渡せるもんとちゃう」

不意に、煙管が煙草盆《たばこぼん》に灰を落とす硬質な音が響いた。それまで黙って成り行きを見守っていた月読命《つくよみのみこと》が、白狐へおもむろに目を向ける。

「なるほど。確かにその通りだな」

ゆらりと立ち上がると、白狐の傍までゆっくりと歩いてきて、月読命《つくよみのみこと》はその場に膝を突く。そしてにこやかな笑みを浮かべたまま、白狐の首にある青い首緒を珍しそうに指ですっと触った。白狐は耳を伏せ、尾を自分の股の下に巻き込み、どうにか月読命《つくよみのみこと》と目を合わせないようにしている。

「時に情報というものには、金にも勝る価値がある。よってそれは対価にもなり得るし、――罪への償いにもなるかもしれんな」

意味ありげに言って、月読命《つくよみのみこと》はさらに問いかける。

「白狐殿よ、そなた脱走眷属と言ったな。それは、いつの話だ？」

良彦が聞いた話では、彼は二回脱走しているはずだ。月読命《つくよみのみこと》はそのことを言っているのかと思ったが、どうもそういう雰囲気ではない。

月読命《つくよみのみこと》は表情を変えないまま、さらに続ける。

「言い方を変えるか。そなた、――今も脱走眷属か？」

そう問われた瞬間、白狐が観念した様子で声をあげた。

「あーもーわかりました！　話せばええんじゃろ！　月読《つくよみ》はんが凄むのは卑怯《ひきょう》じゃ！」

緊張から解放されるようにぶるぶると体を震わせて、白狐は良彦に向き直る。

「ただし、これ以上わしのことを詮索するんはなしじゃ。こっちにもこっちの事情っちゅーもんがある！」

呆気《あっけ》にとられていた良彦は、一拍置いて頷いた。

「わ、わかった。気にはなるけど……」

脱走眷属だと本神《ほんにん》が言うので、それを疑いもしなかったが、今は違うというのだろうか。月読命《つくよみのみこと》はなにやら勘づいていそうだが、白狐がこれだけ嫌がるのだから、何か言えないことがあるのだろう。興味はあるが、今は黄金のことを優先したい。

白狐はひとつ咳払いをし、尾を自分の足元に巻き付け、語り始めた。

「わしが金龍と出会ったんは、さっきも言うたが千五百年以上前の大和国でのことじゃ。当時、宇迦之御魂神様《うかのみたまのかみ》のところから脱走してきたわしが、金龍の住処《すみか》にしとる山に流れ着いて、そこで数年暮らした時のことよ――」

そうして白狐は、長い物語を語った。

人の子に干渉するまいと心に決めていた金龍が、出会ったある家族のこと。

確かに彼らに愛着と愛情を覚えていたのに、そういう感情を抱いた自分に戸惑い、押し殺してしまったこと。

そして金龍としての役目を、手を抜くことなくやり遂げたこと。

それは良彦も他の神々も知らない、黄金や方位神と呼ばれる前の、金龍の物語だった。

「金龍はな、迷った末に、三男にこっそり自分の鱗をやったんよ。金龍の鱗といえば、人の子にとっては万能薬じゃが、その時は古い欠片《かけら》やったし、人の子が持ってもほんの気休め程度のお守りにしかならん。それでも金龍は、そんな些細《ささい》なことすら、これでよかったんかと誰にも言えずに自分を責めてたんよ。……そんで結局、その家族は飢饉《ききん》で母と娘が死んで、長男は怪我が治らんかったとこに、地震で家が崩れて下敷きになった。父親は気力もなくなって衰弱死じゃ。親戚のとこに行った三男も、崖崩れに巻き込まれてそのまま。ま、その当時じゃ、別に珍しいことでもなかったがな」

思った以上に壮絶な内容を、白狐は感情を交えず淡々と語った。

「全員、死んだってことか……」

良彦は半ば呆然《ぼうぜん》と口にする。大国主神《おおくにぬしのかみ》や大地主神《おおとこぬしのかみ》も知らなかった話らしく、誰もが言葉を失くして黙り込んだ。

「そんでな、その家族は土器づくりを生業にしとったんよ。作ったもんには必ず、金龍の四つ岩を示す六角形を、四つあしらう。これが魔除《まよ》けになるとかいうてな、わりと評判じゃった」

「六角形……」

白狐に言われて、良彦はようやく納得する。あの割れた甕は、金龍が守れなかった家族そのものだったのかもしれない。

「もうええじゃろ、わしは行くぞ。本神《ほんにん》のおらんとこでそいつの過去を暴露するんは、あんまり気分が良くねぇわ」

なんだかまともそうなことを言って、白狐は手近にあったチョコレート菓子の箱を咥《くわ》えると、止める間もなく社の外へと飛び出していった。

三

白狐から黄金の過去を聞き、翌日良彦が月読命《つくよみのみこと》の社を出るまでの間に、体感できる地震が四回あった。京都だけでなく、全国的に揺れているらしく、大国主神《おおくにぬしのかみ》のタブレット端末で閲覧したニュースサイトでは、専門家が南海《なんかい》トラフや首都直下地震との関係を予測していた。また、九州や北関東の火山も活発化しており、登山シーズンではあるが入山が規制された山もあるという。富士山《ふじさん》でも地熱の上昇が伝えられていて、警戒が呼びかけられていた。

神々の治療のおかげで、良彦は普通に歩けるところまではどうにか回復した。今日はさすがに家に帰っていなくてはまずいので、夕方には月読命《つくよみのみこと》たちに礼を言って一旦帰宅することにする。大国主神《おおくにぬしのかみ》らには、影武者を使うとか、家族の記憶をどうにかするとか、そういう技は使えないのかと一応訊いてみたが、本人が動けるなら本人が帰れと言われてしまった。治療はしても甘やかしはしないらしい。

「少し、休憩する？」

西京区《にしきょうく》にある月読命《つくよみのみこと》の社から、左京区《さきょうく》にある良彦の自宅までは、京都市内を西から東へほぼ一直線に移動しなければならない。途中まで一緒に帰ってきた穂乃香が、電車の乗り換えの際に時折足を止める良彦を心配した。

「大丈夫。電車にさえ乗れたら、座ってるだけだし」

地下から地上へ出てくると、午後五時をまわっているというのに、八月の西陽《にしび》はじりじりと肌を焦がす熱を伝えてくる。思えば月読命《つくよみのみこと》の社で暑さが気になることはなかったが、きっと自分が快適な仕様にしてくれていたのだろう。

信号待ちで足を止めた際に、良彦は改めて周りを見渡した。祇園祭《ぎおんまつり》の終わった京都の街は、それでもなお観光客であふれ、ひっきりなしに車が往来し、バスは大勢の乗客を吐き出し、また乗せて走り去る。店先には土産物や、京都らしい工芸品が並んで、カフェでは喉の渇きを潤す飲み物が当たり前のように買える。『大建て替え』が起こってしまえば、いつまでもあると思っていたこの日常が、あっさり崩れ去ってしまうのだろう。良彦は、いつか見たあの夢を思い出して密かに身震いした。家族の生死さえわからず、炎に呑まれた街には絶望しかなかった。担架に横たわる穂乃香の姿を、今でも忘れることができない。今当然のように隣を歩く彼女もまた、黄金のようにあっさりいなくなってしまうのかもしれない。そんなことを思って、良彦は無意識に奥歯を噛み締めた。

「あの、良彦さん……」

どうにか最寄駅《もよりえき》まで辿り着いて、あとはそれぞれの自宅へ帰ろうという時に、穂乃香が意を決した様子で口を開いた。

「ひとつ、約束して」

「約束？」

「今度どこかに行く時は、必ず、私にも教えて」

心の内など見透かされそうな彩《いろ》の双眼で真っ直ぐに見つめられて、良彦は苦笑する。

今回のことが、よほど我慢ならなかったようだ。

「連れて行ってとは言わないから、せめて、教えて欲しいの……」

「うん、わかった」

「本当？」

「うん」

「絶対？」

「絶対」

珍しく念押ししてくる穂乃香に、良彦はしっかりと頷いてみせる。

「情報は共有した方がいいよね。今回はオレも、ちょっと一人で突っ走ったっていうか……。穂乃香ちゃんだって、黄金のこと心配してくれてたのに」

　それを聞いて、穂乃香が微妙に納得のいかない顔をした気がしたが、何か間違ったことを言っただろうか。良彦が自分の言葉を反芻《はんすう》しているうちに、ひとつ息をついた穂乃香が、約束だからね、と最後のダメ押しをした。

「一人で帰れそう？」

「うん、大丈夫。送れなくてごめんな」

「平気。良彦さんも気をつけてね」

「ありがと。またね」

「またね」

　いつもとそう変わりないやり取りをして、駅前で別れた。歩道を歩いていく穂乃香の後ろ姿を、良彦はしばらくの間見守った。またね。その『また』が、確実にある保証などないのに。

「……さてさて」

　体調がいまいちだとこうも感傷的になるものかと自虐しながら、歩き出そうとした良彦は、不意に服の裾を引っ張られて振り返る。しかし周りには原因になるものを見つけることができず、代わりに、道路を挟んだ向こうを流れる高野川《たかのがわ》の方で、西陽に混じるきらきらとした蒼《あお》い光を見つけた。ある程度予想がついて土手を降りると、蒼き貴神はこちらを振り返りもせず、腕を組んだまま水面を見つめていた。

「なんだ、せっかく大国主神《おおくにぬしのかみ》が気を遣って月読命《つくよみのみこと》の社の方に運んでくれたのに、全部お見通しってこと？」

良彦はゆっくり歩いて行って隣に並ぶ。飼い主に連れられた散歩中の犬が、不思議そうに須佐之男命《すさのおのみこと》を見つめて通り過ぎた。

「儂《わし》にばれないと思う方が馬鹿だろう」

「そう言うなよ。オレの命の恩人なんだけど」

「あいつが止めていればよかっただけの話だ」

「もうそれさ、自分の息子の嫁に何万回も言われてへこんでるから、許してやってよ。オレが言うのも変な話だけど」

高野川と賀茂川《かもがわ》が合流する鴨川《かもがわ》デルタでは、地元の大学生らしきグループがダンスの練習をしていた。それを見るともなしに眺めながら、良彦は続ける。

「でも本当は、オレが荒脛巾神《あらはばきのかみ》のところに行くだろうってわかってたんじゃない？　須勢理毘売《すせりびめ》曰《いわ》く、お父様は無理難題を与えるのが趣味だから、って」

良彦が須勢理毘売《すせりびめ》の口調を真似すると、須佐之男命《すさのおのみこと》が初めて表情を崩した。

「娘は相変わらず、お前を気に入っているようだな」

「気に入っているっていうか、知り合ったから仲良くしてくれてるっていうか……」

良彦は思案して腕を組む。神として判断をせねばならぬ時は、必ずしも味方になり得るとは限らぬぞと、月読命《つくよみのみこと》が言ったことをふと思い出す。それはきっと、他の神々にも言えることなのだろう。彼らが向けてくれる人の子への優しさに、胡坐をかくことはできない。

「宗像《むなかた》の娘たちにもお主のことを訊いた。知識は足りぬとも、それを補って余りある素直さがあるという評だった」

須勢理毘売《すせりびめ》とほぼ同じような評価に、良彦は何も言い返せずに口をつぐむ。反論するべきかどうか迷うのは、自分の頭のことは自分がよくわかっているからだ。

「……儂は、兄者が和魂のみで顕現するようになった頃から、全国に麾下《きか》を走らせていろいろな情報を集めるようになった。それは兄者の荒魂を誰かが探し出してしまわぬよう守るためだったが、精霊や眷属が見聞きしたものを集めるうちに、妙な話を耳にした。……金龍のことだ。国之常立神《くにのとこたちのかみ》の正統眷属である黒龍と金龍。黒龍の蝦夷への肩入れはわかりやすすぎるものだったが、金龍もまた人の子に愛情を抱いていたという話を聞いた。おそらくほとんどの神々は知らぬ話だ。金龍は主に忠実で生真面目で、融通の利かない頑固な龍だと皆が思っていた。人の子に向ける母性のような柔らかな感情は、持たない龍だと」

「その話なら、オレもさっき、聞いたとこ……」

「ほう、知っている者がいたか」

須佐之男命《すさのおのみこと》が、妙に声を大きくして眉を撥ね上げる。

「うん、まあ、ちょっと訳ありっぽいから詳細は伏せるけど……」

良彦はなぜか自分が悪いことをしているような気になって、やや狼狽した。一体あの白狐の正体は何なのか。

「まあいい。お前には話そうと思っていたことだ。狐の姿を取るようになってなお、金龍の気高さは変わらぬ。あの話は本当なのかと疑いたくもなったが、確たる証拠も残っているので嘘ではない。ただ……金龍はそのことを忘れている」

「忘れてる？」

良彦は思わず、須佐之男命《すさのおのみこと》を振り仰いだ。

「長い年月の中で力を削がれるのは、国之常立神《くにのとこたちのかみ》の眷属とて同じこと。金龍は、大事な記憶から先に失くしたのだ。おそらくは、忘れたいと願ったものでもあったのだろう」

「実はさっき月読命《つくよみのみこと》と、荒脛巾神《あらはばきのかみ》は自分の喪失感の中に、黄金を引きずり込もうとしてるんじゃないかっていう話をしたんだ。喪失感っていう『同じ感情』を持っていれば、きっとそれも早くなるだろうって。でも黄金が忘れてるなら、それは起こらないってこと？」

「いや、荒脛巾神《あらはばきのかみ》と融合しようとしている今、強制的にその記憶を掘り起こされている可能性が高い」

良彦は無意識に眉根を寄せる。自分にとって辛い記憶を掘り起こされるなど、あまり考えたくはない。

「……じゃあそれを黄金が完全に思い出してしまったら、あいつは……」

あとどれくらいの時間があるのだろう。

今ここでこうしている間にも、黄金の記憶はどんどん荒脛巾神《あらはばきのかみ》によって暴かれていると考えると、猶予など一刻もないように思えた。

「ただ、建御雷之男神《たけみかづちのおのかみ》の話によれば、荒脛巾神《あらはばきのかみ》は今双頭の龍になっていると聞く。融け合っているのなら、そのような形態にはならぬはずだ。おそらくは金龍が抵抗しているのだろう。今ならばまだ何か、引き離す手立てがあるかもしれない。しかし――」

珍しく言葉を選ぶ様子で、須佐之男命《すさのおのみこと》は視線を動かした。姉神が染め上げる朱色の空を見上げていた目が、川面《かわも》を経て良彦を捉える。

「これは神の問題だが、神の手では金龍を救うことはできぬやもしれん。神にもできぬことがあるのだ」

良彦は半ば愕然《がくぜん》として、目の前の男神を見上げた。偉大なる三貴子の一柱にそんなことを言われてしまったら、一体どうすればいいのか。誰が黄金を救えるというのか。

感情的に言い返そうとした良彦は、寸前でふとそのことに気付いた。

「——人間なら。人間ならできるのか？」

神の手では救えない。

神にもできないことがある。

そのことを見てきたのは自分だ。

神様の御用人である自分だ。

「お前に救えるか？」

そう尋ねる須佐之男命《すさのおのみこと》の目は、決して優しくはなかった。深海を宿すような蒼い瞳は、対峙《たいじ》すれば畏縮してしまいそうなほどの気迫がある。

けれど今は、それを真っ直ぐに見返して答えた。

「オレ以外の誰がやるんだよ」

それがこっぴどくやられて帰ってきた者の台詞《せりふ》かと、自虐めいたことも思い浮かん
だが、その答え以上に相応しいものなどないように思えた。

須佐之男命《すさのおのみこと》が、唇の端を持ち上げて微かに笑った。

「御用ではないが、よいのか？」

「そんなこと言ってる場合じゃねぇだろ。だいたい、御用でも御用じゃなくても、オ
レには報酬も保証もなんもねぇんだよ。だったら、悔いがないようにするだけだ」

ここで手を引けば、一生後悔し続けるだろう。黄金を救い出さねば、この日本の社
会そのものがなくなるかもしれない窮地でもある。

皆のために、などという大義名分を言うつもりは毛頭ない。

ただ、あきらめたくないだけだ。

「あのさ、ひとつ訊きたいんだけど。……金龍の話が本当だっていう確たる証拠って
何？」

良彦の問いに、須佐之男命《すさのおのみこと》は一瞬厳しい光を双眼に灯《とも》し、静かに首を振った。

「それは言えんのだ。これは神の禁忌に触れる」

「え、そんなに大変なこと？」

「それを犯した者には罰が与えられた、とだけ言っておこう。ただお前は、金龍がひとつの家族に寄り添い、愛情を注ごうとしたということが、紛れもない事実であると知っていればそれでよい」

「……わかった」

神様は神様でいろいろ事情があるのだろう。良彦はそれ以上追及することをやめ、しばらくの間、須佐之男命《すさのおのみこと》と一緒に緩やかに流れていく水面を眺めていた。

⛩

「楽しかった?」

なんとか自宅に辿り着いた良彦が、痛む身体を庇いながら、玄関で苦労して靴を脱いでいると、いつの間にか後ろに立っていた母親が不意に尋ねた。

「うわ、びっくりした」

「もう一泊するなんて、よっぽど楽しかったんだろうと思って」

「いや、まあ、うん」

良彦は平静を装いながら、曖昧に頷く。普段は放任主義で、こちらのことなどほとんど構わないくせに、今日に限ってどうしたというのだろう。母親の勘というやつだろうか。

「それで、ちゃんとお祝いしてもらったの？」

「お祝い？」

「そのために行ったんでしょ？」

「ちょっと待って、何の話？」

意味が呑み込めない良彦に、母親は呆れた顔をする。お祝いどころか、こちらはそこそこひどい目に遭って帰ってきたのだが。

「あなた一昨日、誕生日だったじゃない。お友達と一緒にお祝いしてたんじゃなかったの？」

母の言葉に、良彦はぽかんと口を開けた。いろいろなことが起きすぎて忘れていたが、言われてみれば確かに一昨日は、二十六歳の誕生日だった。

「……あ、ああ、うん、もちろん！　めちゃくちゃ盛り上がってさ！　すっげーでっかいケーキ出てきて食うの大変で！」

良彦はなんとか取り繕う。現実とのあまりの落差に、鼻の奥が熱くなった。

「あらそう、よかったじゃない。近頃、ちょいちょい出かけるようになったわよね。

日帰りでも遠出したり、ちょっと一泊してみたり」

「だ、だめ？」

「だめじゃないわよ。引きこもってた頃に比べたらずっといいじゃない」

　母親はどこか上機嫌に言って、ふと真顔になって忠告する。

「だから今度から、お土産くらいは買ってきてもいいと思うの」

　良彦は息を詰めた。何かと思えばそういうことか。そもそも御用で出かけた際は、お土産などというものが最初から頭にない。思い返してみれば、福岡に行った際も明太子《めんたいこ》を買って帰らなかったことを責められたのだった。

「どうせ今日もないんでしょ？　笹《ささ》かまぼこ」

「えっと、その」

「ずんだ餅」

「す……すみません」

「次から、お願いね」

　にっこりと、だが強力に念押しして、母親はキッチンへと去っていった。良彦はゆるゆると息を吐きながら、自室への階段を上がる。こんなことなら、これまでもきんと買っておけばよかった。これからは忘れないようにせねば、などと心にふと足を止める。

これから、なんて、あるのだろうか。

ケーキを買って誕生日を祝い、

家族に土産を買って来られる未来は、本当に来るのだろうか。

あの夢の中で、頭から血を流して倒れていた母親の姿が脳裏をよぎる。

ぎこちなく腕を動かして、自室のドアを開けると、三日前と何ら変わらない空間がそこにあった。今考えても仕方のないことだとわかっていながら、頭に浮かぶものを拾い上げることをやめられない。

「……落ち込んでる暇なんかねぇぞ」

良彦はぼそりとつぶやき、気力でパソコンの電源ボタンを押した。

調べなければいけないことと、考えなければいけないことがたくさんある。

とりあえず今は、自分にできることをやるだけだ。

ワンポイント
神様講座 6

宇迦之御魂神《うかのみたまのかみ》ってどんな神様？

宇迦之御魂神（倉稲魂命《うかのみたまのみこと》）は、古事記において須佐之男命《すさのおのみこと》の系譜に登場し、日本書紀にもその名前の記載はありますが、事績の記述はありません。「宇迦」とは食物、特に稲を指すため、しばしば穀物神、農耕神の稲荷神《いなりしん》と同一視されています。一般的にはお稲荷さん＝狐のイメージが強いのですが、あくまでも狐は眷属であり、主祭神は宇迦之御魂神である神社がほとんどです。

狐には、
その昔ネズミを油で揚げたものが
供えられていたのだぞ。
いつからかそれが、
油揚げに変わったのだ。

六柱　過去と現在

一

不自然にあちこちを庇う歩き方を母親に指摘されつつも、なんとか誤魔化して一晩を過ごした良彦は、翌日大国主神《おおくにぬしのかみ》に頼んで聡哲と連絡を取った。すぐに枚方《ひらかた》の社から駆けつけた彼に、再び田村麻呂の社へ行くという話をすると、聡哲は相当渋い顔をしたが、良彦の本意を聞いて同行を承諾してくれた。昨日の約束通り穂乃香に連絡を入れると、彼女も行きたいというので、結局三人で出かけることになった。どうやら良彦同様、穂乃香にも思うところがあったようだ。

「懲りずにまた来たのか」

川辺へと続く石畳の途中で、良彦たちの姿を見つけた田村麻呂は、しかめ面でそう吐き捨てたらしい。

「今日は頼みごとがあって来たわけじゃねぇんだ」

田村麻呂が見えない良彦は、聡哲に彼の台詞を伝えられて苦笑する。確かに続けざまに来られては迷惑かもしれないが、昨晩一人でいろいろと頭を悩ませた結果、もう一度来なければいけないと思ったのだ。

「……荒脛巾神《あらはばきのかみ》に、何か変化があったか？」

田村麻呂が、ぽつりと尋ねた。しかしそのどことなく不安げな様子を、良彦は見ることができない。

「いや、実際会ってきたんだけど、話もできないっていうか、通じないっていうか、とにかくすげぇ拒絶されて帰ってきた」

良彦は、まだ思い出したように痛む腹のあたりを摩《さす》る。月読命《つくよみのみこと》の社を出るときに、少彦名神《すくなびこなのかみ》が持たせてくれた薬のおかげで、順調に回復しつつはあるのだが。

「正直なところ、まだ金龍を……黄金を、取り戻せるかどうかもわからない」

良彦は、自分には見えない田村麻呂の姿を想像する。

「黄金ってさ、神様のくせに食い意地が張っていて、いびきかいて腹出して寝て、洗濯機とか電車とかに興味津々で、オレとくだらないことで言い争いして……。でもたぶん、本当はずっと昔から、そうやって生きたかった奴なんだ。……このまま、荒脛《あらはば》巾神《きのかみ》の中に融かしてしまいたくない」

人間が増え、文明が発達し、神の存在感が薄くなっていく中で、隠居という形を選び、黄金はあの大主神社《おおぬしじんじゃ》の四つ石の社に鎮まった。大天宮に国之常立神《くにのとこたちのかみ》を祀る社だったからか、それとも四つ石というものに、懐かしさを感じたのかはわからないが、彼はその頃から狐の姿を取るようになったという。おそらくその時に、黄金の中で何か金龍として張り詰めていた義務感のようなものが、少しずつ薄れていったのではないだろうか。少なくとも、良彦の家で快適な暮らしを満喫するくらいには。

「だから、オレはまだ黄金を取り戻す方法を探す。ただその前に、田村麻呂には謝らないといけないと思って」

良彦の隣で、穂乃香が小さく「私も」と口にする。

「……謝る？」

田村麻呂が怪訝に問い返したが、聞こえない良彦は、言葉を探しながら続ける。

「荒脛巾神《あらはばきのかみ》と黄金が融合しつつある中で、二人を繋いでいるのは『喪失感』かもしれないんだ。荒脛巾神《あらはばきのかみ》にとっては蝦夷、黄金にとっては、救えなかったある家族……。たぶん黄金自身は、力を削がれたこともあって忘れてるみたいなんだけど、それを今思い出してるんじゃないかって……」

それがどんなに辛いことだろうかと考えたら、今日ここに来ない理由などなかった。

良彦は、改めて田村麻呂がいるであろう方向へ向き直る。

「あの時は知らなかったとはいえ、ごめんなさい。嫌なこと、思い出させたよな」

かつて田村麻呂の訴えも虚しく、阿弖流為《あてるい》と母礼《もれ》は処刑されてしまった。そのことを知った時、いつか聡哲が言った、守りたかったものをその手で殺《あや》めたといっても過言ではないという言葉が、良彦の上に重くのしかかった。酷《ひど》く無神経なことをしたと、悔やむほどに。

「私も……、無茶を言ってごめんなさい」

良彦に続いて穂乃香も頭を下げる。彼女の場合はその歴史をわかっていて、それでも嘆願せずにはいられなかったのだ。

「……謝罪されたところで、私がお前たちに手を貸すことはない」

田村麻呂は、どこか辛そうにそう口にする。

「せいぜい……、荒脛巾神《あらはばきのかみ》と戦えばいい。どうせそのうち討伐に出向くのだろう」

「あ、いや、そこは今ストップかけてもらってて」

聡哲が伝える田村麻呂の言葉に、良彦はどう伝えようかと思案する。

「オレとしては、荒脛巾神《あらはばきのかみ》も助けてやりたいから」

その一言で、田村麻呂がふと顔を上げた。

「なんかさ、うまく言えないんだけど、大事な人を失って悲しかったのは嘘じゃないじゃん？　それは荒脛巾神《あらはばきのかみ》も黄金も一緒だろ？」

「助けたい」など、神を相手に傲慢な言い方かもしれない。けれど黄金だけを救い出して終わりだというのは、あまりにも非情だと思うのだ。

曲がりなりにも人を愛してくれた神に、返せるものはないだろうか。

あまりにも無力な自分に、何ができるのかはわからないけれど。

「今日来たのは、それだけちゃんと言っておこうと思って……」

ただの自己満足に過ぎないかもしれないが、また今度、またいつかと思っているうちに、来られなくなる日がくることが怖かった。希望だけを見つめ続けることは容易《たやす》いが、それが叶わなかった日のことを考えておかなければ、その希望がどんなに尊いものかきっとわからない。

「邪魔して悪かったな」

最後まで姿を見せなかった田村麻呂に、良彦はそう言って別れを告げた。

「――待て」

歩き出す背中に田村麻呂が小さく呼びかけたが、良彦に聞こえるはずもなく、代わりに穂乃香と聡哲が足を止めた。

「……いや、いい」

田村麻呂は結局そう言って、自ら背を向けて川の方へと降りる。

最後まで聡哲が何か言いたげに見つめていたが、ひとつ息をついて、良彦たちのあとを追いかけた。


オレとしては、荒脛巾神《あらはばきのかみ》も助けてやりたいから。

良彦が告げたその言葉が、田村麻呂の中で幾度も反芻されていた。

本当にそんなことができるのか。

孤独なあの方を、阿弖流為《あてるい》の母様を、慰めることができるのか。

流れていく川の水面に目を落として、田村麻呂は静かに拳を握る。

貴女の子らを、最後までお守りいたしましょうと、あの日、依り代となる大きな岩の前でそう誓ったくせに、果たすことはできなかった。友を失い、神の信頼も失い、その自分が神として祀られるなど、なんという滑稽話か。

「……阿弖流為《あてるい》、母礼《もれ》」

腰に下げた刀に触れて、田村麻呂は小さくその名前を呼ぶ。

彼らの処刑は、直前まで田村麻呂に知らされることはなく、その日も田村麻呂は彼らの助命のために参議らの元を訪れて頭を下げていた。しかし突然駆けつけた石成に言われて慌てて現場へ行ってみれば、すでに阿弖流為《あてるい》と母礼《もれ》は自由を奪われ、竹で組まれた囲いの中で斬首を待つのみになっていたのだ。

「待ってくれ！」

これ以上ないほどの大声で叫んで、田村麻呂は見物に訪れた群衆を押しのけ、何とか中へ入ろうとした。しかし幾人もの役人や兵士に阻まれ、近寄ることもできない。きっと、あらかじめこうなることを予想して、多くの人員を配置していたのだろう。

「待ってくれ、頼む！」

その時ようやく、阿弖流為《あてるい》が瞑っていた目を開いた。

しかし気付いていないのか、こちらに視線を向けることはない。

「御上《おかみ》の命に逆らうおつもりか⁉」

誰かの声がして、田村麻呂はさらに動けなくなった。腕を摑《つか》まれ、胴を押され、脚は誰のものかわからないほど絡み合っている。

早くしろ、と役人の声がする。

研ぎ澄まされた刀が、執行人の手で恐ろしいほどに光った。

「阿弖流為《あてるい》！　母礼《もれ》！」

叫んだが、彼らはこちらに目を向けることもなかった。

結局何もできなかったではないかと、失望されただろうか。

どんな言い訳をしても、もうすべてが遅い。

はじめに引き出された母礼《もれ》が、所定の場所で膝を突いた。口に噛まされていた布を外され、何か言いたいことはないかと尋ねられる。

「俺が死すとも蝦夷は死なぬ」

あろうことかにやりと笑いすらして、母礼《もれ》は口にする。

「あの夜の山より怖いものなど、この世にあるものか！」

そう叫んだ母礼《もれ》は、首と胴体が離れてなお、最後まで目の光を失わなかった。続いて阿弖流為《あてるい》も引き出され、膝を突く。彼がいつも身に着けていた貝殻の首飾りが、やけに白く目に焼き付いた。

「何か言い残すことはあるか」

役人に尋ねられて、阿弖流為《あてるい》は静かに首を振った。

「やめてくれ！　その者は私の友だ！」

田村麻呂は喉が潰れてしまうほどの声で叫んだが、執行人は粛々と進めていく。

「頼む！　やめてくれ！」

振りあげられた刀が、陽の光に反射して白く煌めく。

けれどそれが振り下ろされる寸前。

ようやく顔を上げた阿弖流為《あてるい》と目が合った。

「　　　　」

唇が動いて何かを告げたが、田村麻呂には聞き取ることができなかった。


肉を切り骨を断ち、二人分の鮮血は空に散った。

故郷から遠く離れたこの見知らぬ土地で。

母なる荒脛巾神《あらはばきのかみ》に看取《みと》られることもなく。


「田村麻呂様！」

気が付けばいつの間にか、隣に聡哲がいた。ふと見れば、自分の両拳が真っ赤に染まっていて、自分を抑え込んでいた役人らを気が触れたように殴っていたと彼が教えてくれたが、何ひとつ覚えていなかった。

阿弖流為《あてるい》と母礼《もれ》の首は、胴体とは別々の場所に埋められ、没収された彼らの所持品も土の中へまとめて捨てられたという。それから数日間の田村麻呂の記憶は曖昧で、ただ、心を喰われたようにすべてが虚しく、空虚だった。同じ頃東北で地震を伴う天変地異があったと聞いたが、続報を気にする余裕もなかった。面会を希望する聡哲をも断り、文も読まず、無意味に部下を怒鳴りつけては酒に溺れる日々が続いた。

もうこの世のすべてのことが、どうでもよくなってしまった。


「咎《とが》は、私にある……」

龍を象《かたど》った刀の柄を握って、田村麻呂はつぶやいた。

阿弖流為《あてるい》と母礼《もれ》が処刑された翌々年、桓武帝は四度目の征夷を計画し、皮肉にも田村麻呂は再び征夷大将軍に任命された。しかし東征は参議たちの論議により中止となり、さらに桓武帝が崩御したことから、それ以降田村麻呂が東北の地を踏むことは二度となかった。

荒脛巾神《あらはばきのかみ》に、友の母に、会いに行くこともできないまま。

「……咎は私にあれど、何ができる……？」

問いかけるように口にしたが、どこからも答えは返ってこなかった。

「あー……どうすっかなぁ……」

田村麻呂の社から引き上げ、草津線《くさつせん》の駅で電車待ちをしていた良彦は、ベンチに座り込んでぼそりとつぶやいた。田村麻呂に謝罪できたことは良かったが、事態は少しも前に進んでいない。結局黄金の『喪失感』を埋められそうなものも、荒脛巾神《あらはばきのかみ》との融合を阻止できそうな方法も、何も見つかっていないのだ。


「まあ、昨日の今日じゃな……」

焦っても見つかるものではないが、悠長に構えていていいほどの時間はない。建御雷之男神《たけみかづちのおのかみ》が双頭の龍を見たというのは、もう一週間以上前のことだ。そして三日前には傀儡を操るまでの力を得ていた。黄金との融合は、確実に進んでいるだろう。

「……さっきね、帰り際に、田村麻呂様が何か言おうとしてたの」

隣に腰かけていた穂乃香が、ふと思い出したように口にした。

「結局、何も言ってくれなかったけど、何か気になることでもあったのかな……」

「マジか。オレ全然気付いてねぇわ」

「御用人殿が気付かないのは当然です。私と穂乃香殿は振り返ったのですが……」

時刻表を確認していた聡哲が、ベンチの方へと戻ってくる。

「おそらく、荒脛巾神《あらはばきのかみ》について何かお伝えになりたかったのかと……」

「荒脛巾神《あらはばきのかみ》について？」

どういうことかと、良彦は問い返す。田村麻呂が戦ったのはあくまでも蝦夷であり、神ではなかったという話だったはずだ。何か知っていることでもあるのだろうか。

「荒脛巾神《あらはばきのかみ》は蝦夷を愛した神ですが、同時に蝦夷からも母と慕われていた神だったのです。当時、東北のいたるところで見られた薄青の花は、蝦夷の先祖の魂が宿ると言われ、荒脛巾神《あらはばきのかみ》の花とも呼ばれていたそうです。蝦夷はその花をとても大切にしていたと、田村麻呂様にお聞きしたことがあります」

聡哲は、やや伏し目がちに続ける。

「先ほど、御用人殿が『荒脛巾神《あらはばきのかみ》も助けたい』とおっしゃったとき、田村麻呂様はハッとしたお顔をされていました……。田村麻呂様にとって荒脛巾神《あらはばきのかみ》は、敵ではなく、友の慕った母なる神ですから……」

それを聞き、良彦は無言で頭を抱えた。最初に田村麻呂の元を訪れた時、自分はどんな言葉で荒脛巾神《あらはばきのかみ》のことを説明しただろう。あの時は黄金が喰われたと聞いたばかりで、とても冷たい言い方をしていたかもしれない。反感を持たれる要素は、きっとそこにもあっただろう。

「……なんかもう、自分が嫌になるな……」

良彦は喉の奥で呻《うめ》く。知らなかったとはいえ、もう少し調べることもできたかもしれないのに。

「荒脛巾神《あらはばきのかみ》にとって、蝦夷は子どもたちだったのかな……。それなら、なんとなくだけど、すげえ悲しかったことも、悔しかったことも、少しわかる気がする……」

今までは『蝦夷を愛した神』だとしか聞いていなかったので、どうしてそこまで肩入れしたのかと疑問を持つこともあったが、それが双方向からのものだったとなれば、確かに納得できるかもしれない。

「当時は、朝廷に帰属したとしても、必ずしも住んでいた土地を安堵されたわけではないんです。関東をはじめ、いろいろな場所に移り住むよう命じられた者もいて……。荒脛巾神《あらはばきのかみ》にとっては、我が子を次々と奪われるようなものだったでしょうね。結局故郷の土を踏めず、命を落とした者も多かったはずです」

聡哲がしんみりと言って、良彦たちはなんとなく黙り込んだ。八月上旬の空は青く、空気は湿気を帯びてなお熱い。時刻はちょうど昼になろうとしていた。これから午後にかけて、暑さも増していくだろう。

「あのさ……こんなの訊くことじゃないかもしれないんだけど……」

言おうかどうか迷って、良彦は結局聡哲に目を向けた。

「阿弖流為《あてるい》と母礼《もれ》が処刑された時、聡哲は都にいたの……？」

思いがけない質問だったのか、聡哲が意味を計りかねて瞬きする。

「あ、いや、なんとなくだけど、本当に処刑されたのかなって。せっかく和睦しようって話で東北から都まで来たのに、ひどい話じゃん？　田村麻呂だって黙ってなかったと思うんだよ」

良彦は慌てて説明する。あまり軽いノリで話せることでもない。

「ええ、確かにひどい話です。実際に田村麻呂様は、右大臣左大臣、それに参議の方々にも掛け合って、どうにか処刑を回避しようとなさっていました」

聡哲は、ホームの屋根の向こうに見える空に目をやった。

「当時私は出羽守として出羽国に赴任していましたが、田村麻呂様が阿弖流為《あてるい》らを京へ連れて帰ると聞いて、急いで都に戻りました。そして実際に彼らと会い、これからの東北運営について意見を交わしたこともあります。その時は、阿弖流為《あてるい》らを蝦夷の族長とし、蝦夷をまとめてもらう代わりに、いろいろな連携を図ることで、お互いに利益をもたらそうという話でした。しかし帝はそれをお許しにならず……。……彼らの処刑は秘密裏に進められていて、私が駆けつけた時にはもうすべてが終わった後でした。処刑場の前で、激昂《げきこう》した田村麻呂様が役人たちを殴りつけている姿は鬼のようで……、すべてをご覧になられたんだなと思いました……」

自分で訊いておきながら、良彦は胸が重くなるのを感じていた。自分を信じて都までやって来てくれた友を守れなかった心情は、並大抵の言葉では表現できないものだろう。

「幸い処刑場から私の実家が近かったもので、そこに田村麻呂様をお連れして、落ち着くまでご滞在していただこうと思ったのですが……、ほんの数日で京へお戻りになり、それ以降は……激しい感情を隠そうともしなくなり、ほとんどお話しすることもなくなってしまいました……。お年を召されるにつれて、どんどん内に籠るようになったというか……」

「ああ、それで……」

良彦は以前聡哲が言っていた言葉を思い出す。確か晩年になって気難しくなったと言っていたはずだ。

「何度か文なども差し上げたのですが……」

　ここでふと聡哲は言葉を切り、当時を思い出すように首を傾げた。

「……何か、お伝えしようと思ったことがあって、お会いできないかとお願いしたように思うのですが……。だめですね、私の記憶も曖昧です」

　聡哲は苦笑する。曾祖父の敬福と違い、実在したという記録すらほとんど残っていない聡哲は、人々から祈られることも少ない。ほぼ刀マニアとしての執念だけで現存しているのではと思うほどだ。

「御実家から、処刑場が近かったんですか？」

　穂乃香の問いに、聡哲は頷く。

「はい、実家は今の社がある辺りだったのですが……」

「え、あの近くで処刑されたの⁉」

　良彦は、社を訪れた時の記憶を探る。神社の近くに、そんな場所があっただろうか。それとももう、痕跡すら残っていないのか。

「ええ、今の世の言い方だと……二駅離れている、という感じでしょうか」

「二駅⁉」

　良彦は思わず声を大きくする。二駅など、場所によっては徒歩でもどうにかなる距離ではないか。

「実は今でも、首塚だと言われるものが近くに残っておりまして」

「首塚って誰の？　阿弖流為《あてるい》と母礼《もれ》の⁉」

「そう言われていますが……」

「なんでそれを早く言わねぇんだよ！」

「こ、今回のことにはあまり関係がないかと――」

思わず立ち上がって詰め寄る良彦に、聡哲が後ずさる。武装しろと言って、刀はいち早く持ってきたくせに、なぜその情報を寄こさないのか。

ベンチに座ったまま、穂乃香がハッとして顔を上げる。

「私たちは、黄金様の『喪失感』を埋めることばかり考えていたけど、『喪失感』を持っているのは、荒脛巾神《あらはばきのかみ》も同じ……」

それを聞いて、聡哲がようやく気付いたように目を瞠った。

「ということは、荒脛巾神《あらはばきのかみ》の『喪失感』を塞ぐことができれば、方位神様は――！」

「聡哲！」

良彦は、もどかしく彼の名前を呼ぶ。

「今からそこに連れて行ってくれ。何か手掛かりになるものがあるかもしれない！」

今はどんな些細なことでも、ひとつずつ当たっていくしかない。

「わ、わかりました！」

良彦に神妙な顔で頼まれて、聡哲が背筋を伸ばして返事をした。

二

その首塚は、最寄駅から歩いて五分ほどの場所にあった。田村麻呂の社からは、京都を経由し幾度かの乗り換えを経て、二時間ほどで到着する。ごく普通の住宅街の中に鎮座する神社の隣に公園があり、首塚と言われているものはその中にあるという。滑り台などの遊具もあるが、さすがに一番暑い時間帯ということもあって、人影はほぼなかった。

「なんか、もっとおどろおどろしい感じなのかと思ったら、割と普通のとこなんだな」

周囲を見回して、良彦はぼそりとつぶやいた。公園内は木々が計画的に植えられ、遊歩道やベンチも整備されている。もう少し涼しい頃であれば、住民の憩いの場になっているのだろう。

「もともとここは、隣接する神社の境内でした。その関係で、今でもこの塚に関する祭祀《さいし》は、その神社が執り行っています」

聡哲が示した場所には、こんもりと小山状に土が盛られ、その上に枝葉を広げた立派な木が植えられている。小山の周りには、木の杭《くい》とロープで囲いがされていて、手前側に『伝　阿弖流為《あてるい》　母礼《もれ》　之塚』という石碑が立っていた。使われている石材などを見る限り、まだ新しいものだ。頂上の木の前には、それよりも古い石が置かれ、花なども供えられているところをみると、あちらが本来のものなのだろう。

「なあ、こんなこと言うとアレなんだけど……」

ひと通り見てまわった良彦は、率直に口にする。

「これ……本物？」

良彦の隣で、穂乃香も神妙な顔で聡哲を見ていた。何というか、平安時代の首塚にしては、新しすぎる気がするのだ。

「……実を言うと、ここは傍に川が流れているので、野分《のわき》などの際に洪水が起こることもあって、幾度か掘り返されているはずなんです。現にここの塚も、本来はもっとあちらの交番の近くにあったのですが、公園整備の際にこちらに移されまして……」

聡哲は、公園の東側にある建物を指さしながら説明する。

「あの石碑自体は、二〇〇七年に建てられたものです」

「え、めっちゃ最近じゃん」

「はい。実は阿弖流為《あてるい》と母礼《もれ》の首塚であるという明確な証拠は、何も残っていないんです。ただ古くから、蝦夷の首長《しゅちょう》の首が埋まっているとか、戦に負けた武将の首塚だとか、そういう言い伝えはあったようです」

「で、実際のところどうなの？」

良彦は、顎に垂れてくる汗を拭いながら尋ねる。供養塔などの場所が、諸事情で移されてしまうことはよくある話だ。場所が多少違ったとしても、本当にそれが阿弖流《あてる》為《い》と母礼《もれ》の首塚だったのかどうかで、話は変わってくる。

「おぼろげではありますが、この辺りにお二人の首塚があった、と記憶しています。それに桓武帝は縁起を大事にする御方でしたので、蝦夷を処刑すればその呪いを気にして、ある程度の供養はさせたはずです。当時の神社は神仏習合で寺でもありましたから、その敷地《しきち》内に首塚を設けるのは自然なことかと」

良彦とは対照的に、さらりとした額のままで、聡哲は当時を思い出すように周囲を見回した。あの頃とは何もかもが違ってしまって、思い出すのも苦労しそうだ。

「首塚があったのは確かで、おそらくは供養されていた、と……」

良彦は腕を組む。人間たちの中に証拠が残っていなくとも、元人間の神様が言うのなら間違いないだろう。

「でもきっと、骨とか、そういうものは、もう……」

穂乃香がぽつりと口にする。確かに洪水で流されたり、幾度も掘り返され、位置まで変わったりしているのであれば、そういったものが残存している望みは薄い。聡哲の証言で、この辺りに阿弖流為《あてるい》と母礼《もれ》の首塚があったことは説明できても、その証拠を示せと言われると難しい。それにいくら供養をされていたと訴えたところで、荒脛巾神《あらはばきのかみ》にとって、阿弖流為《あてるい》たちが処刑されたという事実は変わらない。

「確かに、そういうものはもう残っていないでしょうね……」

聡哲がしんみりと口にする。なにせもう千年以上昔の話だ。

「お二人が処刑されたのは、ここから少し歩いたところなんですが、おそらくそこにも何も残っていないかと……。今は竹藪《たけやぶ》になっていたはずです」

「あの……すみません、素朴な疑問なんですが……」

穂乃香が律儀に手を挙げて質問する。

「首塚がここなら、体の部分はどこへ……？」

その問いに、確かに疑問だなと、良彦は聡哲に目をやる。そういえば平将門《たいらのまさかど》の時も、首が飛んだという話は聞いたが、胴体がどうなったかは聞かなかったように思う。首と比べて、あまり重要視されていなかったのだろうか。

「ああ、体は、首とは別の場所に埋められたはずで――」

説明しようとした聡哲が、不自然に言葉を切った。

「聡哲？」

良彦が呼びかけると、はっと我に返るようにしてこちらを振り向く。

「すみません、少し考え込んでしまいました……。何しろ自分でも忘れていることがたくさんありますので」

「まあ、忘れたい思い出でもあるかもしれないしな」

良彦は苦く笑う。聡哲にとって、慕っていた田村麻呂と、距離をとらざるを得なくなってしまったきっかけの出来事だ。彼にとっては阿弖流為《あてるい》と母礼《もれ》の処刑以上に、歯がゆい思いをしただろう。

「忘れたい……思い出……」

聡哲が小さくつぶやき、少し落ち着かない様子で視線を動かした。

「私が……お伝えせねばならなかったのは……一体……」

「聡哲――」

無理に思い出す必要はない、と言おうとして口を開いた良彦は、不意に近くで具現化した気配に肌を粟立たせた。同時に、穂乃香がそちらを振り向く。

「良彦！」

見えない空気の襞《ひだ》の中から、突然飛び出してきたのは大国主神《おおくにぬしのかみ》だった。

「昨日の今日であんまり出歩かないでくれるかな。人の子なんてヤワなんだから、油断するとポキッといくよ、ポキッと」

「オレは爪楊枝《つまようじ》かなんかか」

「それより大天宮が騒がしくなってきたよ。それを伝えようと思ってさ」

良彦の抗議はさらりと無視して、大国主神《おおくにぬしのかみ》は告げる。

「結局国之常立神《くにのとこたちのかみ》はだんまりだし、これ以上待てないっていう神々が、建御雷之男神《たけみかづちのおのかみ》を先頭に討伐隊を組んで、荒脛巾神《あらはばきのかみ》のところへ出発しそうだ」

良彦は無意識に息を呑む。猶予がないことはわかっていたが、まさか神様の方が先に動き出そうとするとは。

「いつ？　まだ間に合うか？」

良彦が尋ねると、大国主神《おおくにぬしのかみ》は珍しく神妙な顔で頷いた。

「ただ、止められるかどうかはわからないよ」

「わかってる」

「なら、今回は特別だ」

そう言った大国主神《おおくにぬしのかみ》が、聡哲と穂乃香を手招きして、二人と一柱をまとめて見えない襞の中に引き入れた。

⛩

大天宮では、建御雷之男神《たけみかづちのおのかみ》を筆頭とした過激派と、高龗神《たかおかみのかみ》らを中心とする穏健派、それに三貴子の意志に従うという派閥の三つに分かれ、結論の出ない議論を繰り返していたようだった。まずは話し合いをと言う穏健派に、良彦が怪我をして帰ってきたことを引き合いに出し、過激派はもはやそのような温情はいらないと言う。国之常立《くにのとこたちの》神《かみ》のお出ましを待っている三貴子の代表として、月読命《つくよみのみこと》が姿を見せていたが、彼は粛々と成り行きを見守っているだけだった。

「建御雷之男神《たけみかづちのおのかみ》！」

大天宮の入口に姿を見せた良彦たちに気付いて、神々が一斉にこちらに顔を向ける。

「もう動けるのか」

奥に座っていた建御雷之男神《たけみかづちのおのかみ》が、歩いてくる良彦を気遣うように声をかけた。

「ああ、大丈夫。薬とか葉っぱとかで、だいぶ元気になった」

そう答えながら、良彦はその手当てをしてくれた神々に、まだ礼を言えていないことを思い出した。

「荒脛巾神《あらはばきのかみ》のところに勝手に行ったのは、オレの独自の判断だ。それで怪我をして帰ってきたんだから、自業自得だよ。オレが言うのも何だけど、今は荒脛巾神《あらはばきのかみ》を刺激しない方がいい」

「しかし、このまま手をこまねいていても何の解決にもならぬぞ。あまり言いたくはないが、融合が進んでしまえば黄金殿の救出も難しくなる上、私の張った結界が破れるのも時間の問題だ。現に、今でさえいくつものヒビが確認されている。完全体になった荒脛巾神《あらはばきのかみ》が解き放たれてしまったら、『大建て替え』を止めることはできぬ」

建御雷之男神《たけみかづちのおのかみ》がそう言った瞬間、足元がぐらりと揺れた。そのまま五秒ほど横揺れが続き、八足台《はっそくだい》の上にあった榊立《さかきたて》がカタカタと音を立てた。すわ大地震かと良彦は身構えたが、夢の中で感じたような大きな揺れにはならなかった。

「……荒脛巾神《あらはばきのかみ》の慟哭《どうこく》は、日に日に増すばかりだ。いつ山が火を噴くかもわからん。もはや一刻の猶予もあるまい」

「うん……、それは、わかってる」

良彦は、改めて大天宮に集まっている神々を見渡した。きっとここにいる神々は、八百万《やおよろず》の中のほんの一握りだ。泣沢女神《なきさわめのかみ》のように、持ち場を離れられない神もいれば、最後まで人の子に寄り添うと決めて動かない神もいるだろう。

「黄金は救いたい。『大建て替え』も阻止したい。でも、一番忘れちゃいけないことは、荒脛巾神《あらはばきのかみ》は敵じゃないってことだ」

月読命《つくよみのみこと》が、煙管をふかしながら興味深そうに目を細めて聞いている。

「オレは、荒脛巾神《あらはばきのかみ》も助ける方法を考えたい」

「荒脛巾神《あらはばきのかみ》を、助ける方法……？」

建御雷之男神《たけみかづちのおのかみ》の隣にいた経津主神《ふつぬしのかみ》が、戸惑うように繰り返して主を仰ぎ見た。

「……何か、策があるか？」

建御雷之男神《たけみかづちのおのかみ》が低く尋ね、良彦は言葉を詰まらせながら首を振る。

「正直、今はまだない……。でも、考えたい。時間をくれ。そして建御雷之男神《たけみかづちのおのかみ》たちが行く前に、もう一回オレに行かせてくれ」

良彦は決意を込めて拳を握る。そして須佐之男命《すさのおのみこと》に問われた言葉を不意に思い出した。

お前に救えるか？

正直に答えるなら「わからない」。

けれどそれは、あきらめることとは違う。

「おのれ、満身創痍《まんしんそうい》で大国主神《おおくにぬしのかみ》に抱えられて帰りながら、まだ懲りぬというのか！」

そう言って立ち上がったのは、いつか良彦が大天宮に入ることを拒否していた、薄緑色の装束を纏った男神だった。

「人の子に何ができるという⁉　引っ込んでいろ！」

「久久紀《くくき》！　言葉が過ぎます！」

少し離れた場所から、厳しい声で制した女神を目にして、良彦は眉を上げる。

「大気都比売神《おおげつひめのかみ》、来てたんだ」

体から食物を生み出す女神は、良彦に深々と頭を下げた。

「御用人殿、申し訳ありません。我が子が失礼いたしました」

「我が子ってことは……」

「母様は関係ない！　私は当然のことを言っているだけだ！」

男神は制されてなお、良彦に鋭い目を向けてくる。しかしそこになぜか攻撃的な感情は読み取れず、良彦は真っ直ぐにその双眼を見返した。

「そうか、あんたなんだな、オレの治療手伝ってくれたの」

確か大国主神《おおくにぬしのかみ》の息子嫁が言っていたのだ。少彦名神《すくなびこなのかみ》の指導の下、蚶貝比売《きさかいひめ》と蛤《うむ》貝比売《きひめ》、それに大気都比売神《おおげつひめのかみ》の子らが治療を請け負ったと。

「それだけじゃないよ。こっそり僕らのあとをつけて鹽竈《しおがま》の社まで来て、重傷の君を間一髪救ってくれたのは彼だ」

「え、そうなの!?」

大国主神《おおくにぬしのかみ》に言われて、良彦は目を見開く。初めて聞いた情報だ。

「大国主神《おおくにぬしのかみ》！　それは言うなとあれほど……！」

「いいじゃないか。別に悪いことじゃないんだし」

狼狽している男神からの訴えを、大国主神《おおくにぬしのかみ》はさらりと躱《かわ》した。

「た、たまたま通りかかっただけだ！　それに治療は私だけではなくて、兄姉《きょうだい》も手を貸した。日名照《ひなてる》に頼まれたので、仕方なくやっただけだ！」

彼の周りにいる総勢七柱の男神や女神は、皆彼の兄姉らしい。大気都比売神《おおげつひめのかみ》は食べ物を生み出すだけではなく、子だくさんだったのかと、改めて感心する。

「ありがとう、助かったよ。嫌われてるのかと思ってたから、びっくりした」

良彦が素直に礼を言うと、男神は突如顔を真っ赤にしてその場で地団駄を踏んだ。

「嫌ってなどおるか！　馬鹿者!!」

大天宮全体に響き渡るほどの大声で、彼は躊躇《ちゅうちょ》なく叫ぶ。

「お前の祖父には世話になったのだ！　孫に何かあっては、敏益《としみず》に顔向けできぬ！」

「え、なんでじいちゃんが――」

「我が名は！」

男神がそこで息を吸って、睨むような強い目で自分の名を口にする。

「我が名は久久紀若室葛根神《くくきわかむろつなねのかみ》！　御用人から受けた恩義を、忘れるような薄情者ではない！」

決闘を申し込まれたのかと思うほどの名乗りに、一瞬呆気にとられた良彦は、はっと我に返ると急いで宣之言書《のりとごとのしょ》を開いた。

「……くくき……ええと」

「久久紀若室葛根神《くくきわかむろつなねのかみ》」

「くくきわかむろつなねのかみ」

経津主神《ふつぬしのかみ》にこっそり囁かれながら、良彦は読み上げる。

それは、自分が黄金と出会うことになった『方位神』の直前に記載されている神名。

御用人だった祖父が、最後に御用を聞いた神だ。

「そっか……。あんたが、最後の……」

良彦は、目頭が熱くなるのを感じた。

家族さえも知らない祖父の一面を、覚えてくれているのは他でもない神々で。その後に芽吹いた若葉すら、気にかけてくれている。

「私だけではない……。敏益のことを覚えている者はたくさんいる。その前の御用人も、その前の前の御用人も、ずっとずっと、我らは覚えている。その枝葉に連なる者さえ。だから、『大建て替え』など起こさせるわけにはいかぬ。人の子を、巻き込むわけにはいかぬのだ」

だからこそ彼は、良彦がこの件に関わることを頑《かたく》なに拒否していたのだ。おそらくは兄姉も、同じ思いで反対をしていたに違いない。

君がいなくなって悲しむ人のことを想像した方がいい。そう言った大国主神《おおくにぬしのかみ》の言葉を、再び思い出した。こんなところにも、いてくれたのかと。しかもそれは、自分の縁ではなく、祖父が繋いでくれた縁だ。

祖父が残してくれた、絆《きずな》だ。

「……ありがとう。その気持ちは、すげぇ嬉しい」

良彦は率直に言葉にする。彼らと同時に、祖父にも礼を言いたかった。

「でも、今回だけは、どうしてもオレがやらなきゃだめなんだ。人間がやらなきゃだめなんだ」

荒脛巾神《あらはばきのかみ》の喪失感も、黄金の喪失感も、原因になっているのは人間だ。神には救えないかもしれないと須佐之男命《すさのおのみこと》が言う理由は、きっとそこにあるのだろう。

「だから、オレにやらせてほしい。――お願いします」

良彦はその場で、膝に額が擦るほど頭を下げた。戸惑った神々が顔を見合わせ、ひそひそとしたざわめきが溢れる。その中で、久久紀若室葛根神《くくきわかむろつなねのかみ》だけが口を引き結び、怒ったような顔で真っ直ぐに良彦を見ていた。

「建御雷之男神《たけみかづちのおのかみ》よ」

それまで黙って聞いていた月読命《つくよみのみこと》が、煙管の灰を落としてふと口を開いた。

「そこまで言うなら、しばし猶予をやったらどうだ?」

「しかし……」

「結界は総力をあげて補強すれば、あと五日は持たせられるだろう。それに今現在、姉者が国之常立神《くにのとこたちのかみ》へお目通りを願っている。それが叶えば、事態も動くやもしれん」

月読命《つくよみのみこと》の言葉に、神々のざわめきが一層大きくなった。天照太御神《あまてらすおおみかみ》が動いているということは心強いが、同時にそれほど事態が逼迫《ひっぱく》しているということでもある。

「須佐之男命《すさのおのみこと》は何してるんだ?」

良彦の疑問に、月読命《つくよみのみこと》は笑って首を傾げた。

「さてな。弟は弟のできることをしているだろう」

なんだか上手く躱されてしまい、良彦は渋い顔をする。相変わらず、月読命《つくよみのみこと》の腹は読めない。

「皆、静まれ」

ひとつ息をついた建御雷之男神《たけみかづちのおのかみ》がそう言うと、波が引くようにざわめきが収まり、神々の意識がこちらに向けられる。

「良彦、ではお前に五日やろう。その間に、荒脛巾神《あらはばきのかみ》を説得するも、何か別の方法を考えるも、好きにするがいい。五日後には、問答無用で我らが動く。ただ――」

建御雷之男神《たけみかづちのおのかみ》は、言葉を選びながら続ける。

「ただその間にこちらも、荒脛巾神《あらはばきのかみ》を倒す方法ではなく、救う方法を考えてみよう。討伐は、最終手段だ」

それを聞いて、穏健派からも同意の声があがる。

「ありがとう」

なぜだか泣きそうになりながら、良彦は礼を言う。

「ほんとに、ありがとう……」

目が合った久久紀若室葛根神《くくきわかむろつなねのかみ》の表情は、決して柔らかいものではなかった。微笑みもせず、怒りもせず、ただし反対することもしなかった。

⛩

五日間の猶予をもらったとはいえ、荒脛巾神《あらはばきのかみ》を説得する、またはそこから黄金を引き離せるような材料は何ひとつ見つからないまま、二日が過ぎた。図書館に通ってできる限り蝦夷のことを調べ、阿弖流為《あてるい》や母礼《もれ》についても調べたが、そもそも彼らの記録自体が乏しく、出生年もわからなければ、家族構成や配偶者や子孫の有無もわからず、住んでいた場所さえざっくりとした括りでしかわかっていない。一方、金龍が愛情を寄せたというイノテ一家は、蝦夷より資料がないどころか、そういう一家が本当に存在したのかということすらわからなかった。土器を作製していた集団というのは確かにあったようだが、そこに白狐が言う一家が所属していたのかどうかは定かではない。彼らが住んでいたと思われる平城京の北側は、現在開発が進み完全に住宅地へと変貌を遂げている。四つ岩の印とした六角形が四つ刻まれた土器というものも、現在まで残っているとは思えず、探し出すのは困難だった。

「詰んだ……」

連日の図書館通いとアルバイトで朦朧とした良彦は、陽が落ちた高野川のほとりで、ベンチに座り背を丸めたまま冷たい缶コーヒーを飲んでいた。

「まだ、二日あるから……」

「そ、そうですよ！　あきらめずに探しましょう！」

あの日からずっと、穂乃香と聡哲は時間の許す限り良彦に付き合ってくれている。聡哲に至っては良彦の部屋に泊まり込み、夜な夜な刀の素晴らしさについて語るので、なんだか寝ても疲れが取れないのは、彼の長すぎる講釈のせいではと思ったりもしている。

「神様の方でもいろいろ当たってくれてるんだけど、荒脛巾神《あらはばきのかみ》の蝦夷に対する執着はまだしも、金龍の過去についてはほとんど知られてないみたいで、お手上げ状態らしいんだよな……」

蝦夷については、完全に掃討されたわけではなく、ヤマトと融合しながら現在までその血脈は受け継がれている。しかもそれは少数ではなく、今となってはかなりの数がいるはずで、そのことはきっと荒脛巾神《あらはばきのかみ》もわかっているだろう。だからこそ、どうしてあげれば満足なのかがわからないのだ。

「大国主神《おおくにぬしのかみ》様からは、何か連絡はあったの？」

結露で濡《ぬ》れた紅茶のペットボトルを両手で持って、穂乃香が尋ねる。

「向こうは、荒脛巾神《あらはばきのかみ》に提示できる交換条件になるようなものを探してるって。『大建て替え』を防ぐことを最終目標に据えて、そのために多少の無理なら聞いてやろうってことらしいけど、どういう条件を持ちかける気なんだろ……」

しかもそれが、今の荒脛巾神《あらはばきのかみ》に通用するのかどうかはわからない。ただ、考えられる手はすべて用意しておくべきだ。あちら側も、良彦が絶対にどうにかできるとは思っていないのだろう。それは信用していないというわけではなくて、それほど難しいと考えているということだ。

「何をどう言えば、荒脛巾神《あらはばきのかみ》が正気に戻るのか……。黄金を、解放してくれるのか……」

良彦は、濃紺に染まり始めた空を仰ぐ。まだまだ気温は高いが、水面を渡る風がようやく涼しく感じられるようになった。

「まだあきらめていないのか」

不意に宵闇からそんな声がして、良彦はそちらに目を向けた。

「田村麻呂様！」

驚いた聡哲が思わず立ち上がる。社で見かけたそのままの姿で、田村麻呂はこちらに歩み寄る。良彦の目にもしっかり映っているところを見ると、何か自分に用事だろうか。

「五日間の猶予をもらったそうだな」

良彦の前に立って、田村麻呂は尋ねる。相変わらず逞《たくま》しい姿だが、聡哲の話によれば阿弖流為《あてるい》の方がもっと巨軀《きょく》だったという。

「あと二日しかないけどね」

良彦は半ばやさぐれて肩をすくめる。泣いても笑っても、あと二日でなんとかせねば、結局人間は役立たずだったという結果で終わってしまう。

「ていうか、どうしたの。何か用事？」

良彦が尋ねると、田村麻呂はどこか迷うように目を逸らした。こちらとしては、嫌われているだろうからこそ、そっとしておきたい相手だったのだが。

「……荒脛巾神《あらはばきのかみ》のことだが」

やがて田村麻呂は、覚悟を決めた様子で口にした。

「荒脛巾神《あらはばきのかみ》は、確かに蝦夷の母であった。そして蝦夷も、荒脛巾神《あらはばきのかみ》を母として慕い、崇《あが》めていた。……しかし阿弖流為《あてるい》は、少し特別だ」

「特別？」

意味がよくわからずに、良彦は問い返す。

「阿弖流為《あてるい》から、荒脛巾神《あらはばきのかみ》は自分の母様だと聞いたことがある。本当の母様は阿弖流《あてる》為《い》が小さい時に亡くなって、その後彼を育てたのが荒脛巾神《あらはばきのかみ》だと。彼が成人になったのを見届けて山に帰り、以来ずっと彼のことを見守っていた」

それを聞いて、良彦はどう反応すればいいのかと迷った。現代人の自分が聞けば、神が人間を育てるなど、途方もないおとぎ話に聞こえてしまう。土地の権力者が、自分に権威をつけるため、やんごとない血筋だとか、誰それの落胤《らくいん》などと方便を使うのはよくあることだ。――ただひとつ合点《がてん》がいくとすれば、荒脛巾神《あらはばきのかみ》が錯乱した理由だ。蝦夷が討伐されたという大きな括りではなく、我が子が殺されたという点から見れば、納得できなくもない。

「荒脛巾神《あらはばきのかみ》が、阿弖流為《あてるい》の母様……？」

聡哲が、まだ呑み込み切れない顔でつぶやいた。

「信じるかどうかは自由だ。だが、私はまるで母様の手で撫でられたような風を、塚の前で二度感じている。母様に祈るといつもそのような風が吹くのだと、阿弖流為《あてるい》が言っていた」

良彦は、そう語る田村麻呂の双眼を見上げる。嘘をついているようには見えない。

田村麻呂は、腰に佩いた刀にそっと手をやった。

「私は、荒脛巾神《あらはばきのかみ》の前で誓ったのだ。貴女の子らを、最後まで守ると。しかしよりによって、阿弖流為《あてるい》を救うことができなかった。私を信じてくれた母礼《もれ》に、報いることができなかった。荒脛巾神《あらはばきのかみ》には到底顔向けできぬと思っていたが……、私が、私こそが、会いに行かねばならぬ」

静かに、けれどきっぱりとした口調で田村麻呂は告げた。その表情には、ひと欠片の迷いもない。

「この刀は、阿弖流為《あてるい》からもらったものだ。これを荒脛巾神《あらはばきのかみ》に返そう。お前の友神《ゆうじん》とやらを、救い出す隙くらいは作れるやもしれん」

思いもよらない申し出に、良彦は思わず立ち上がる。

「いいのか……？　それ、阿弖流為《あてるい》の形見だろ」

「うまくいく保証はない。むしろこれを返すことで、あちらが逆上する可能性もある。今更なんだと激怒されれば、私も無事では済まぬだろう」

それを聞いて、穂乃香が密かに顔を強張らせた。

「あの、田村麻呂……」

「だが勘違いするな」

礼を言おうとした良彦を遮り、田村麻呂は毅然と胸を張る。

「これはお前のために申し出ているのではない。あくまでも自らの清算のためだ。ただ……、今までにも私のところへ、いろいろな神々が荒脛巾神《あらはばきのかみ》をどうにかできぬかと相談しにやって来たが」

ふと、その一瞬だけ少年のような目をして、田村麻呂はわずかに微笑む。

「神を助けたいと言った、人間に賭けてみたいと思った」

その一言で、良彦は確信する。

どんな事情があったのかはわからないが、かつて金龍がひとつの家族を愛したように、荒脛巾神《あらはばきのかみ》は確かに人間を我が子として育てたのだろう。そしてその息子は、田村麻呂と出会い、蝦夷とヤマトの融和という同じ夢を見た。

「……一緒に、荒脛巾神《あらはばきのかみ》のとこに行ってくれるか？」

良彦が問うと、田村麻呂は愚問だと言いたげに眉を上げる。

「後れを取るなよ」

その中で、穂乃香だけがどこか浮かない顔をしていた。

三

田村麻呂に不満があるわけではない、と穂乃香は思う。

むしろ力になってくれることは、ありがたいし心強い。この五日間、良彦がいろいろと苦戦していたことは知っている。そこに光が見えたのであれば、素直に喜ぶべきだとは思うのだが、どうしてもひとつだけ心に引っかかっていた。荒脛巾神《あらはばきのかみ》に阿弖流《あてる》為《い》からもらったという刀を返すことで、むしろ向こうを逆上させはしないかという懸念だ。

良彦たちと別れて自宅に戻ってから、穂乃香はずっとそのことばかりを考えていた。もう眠らねばならない時間だというのに、むしろ逆に目が冴《さ》えていくばかりだ。

私も無事では済まぬだろうと、田村麻呂は言った。

阿弖流為《あてるい》の友人であり、おそらくは荒脛巾神《あらはばきのかみ》に認識されているであろう彼でさえ無事で済まないなら。

では、良彦は？

その時良彦はどうなるのだろう。

ただでさえ一度、重傷を負っている。いくら神々が味方にいるとはいえ、彼は普通の人間なのだ。神として祀られている田村麻呂よりずっと脆《もろ》く、儚い。今でこそ普通に歩き、痛がりもしていないが、きっと口にしないだけだろう。月読命《つくよみのみこと》の社に運び込まれた時は、瀕死と言っても過言ではなかった。

「……このままでいいのかな」

ベッドの中で、見慣れた天井を見上げて穂乃香はつぶやく。良彦は、明日にでもバイトが終わり次第田村麻呂と大天宮へ行って、協力してもらえるようになったことを建御雷之男神《たけみかづちのおのかみ》らに報告するはずだ。確かに我が子の形見を手にするということは、荒《あら》脛巾神《はばきのかみ》に何らかの影響を与えるだろう。これまでに考え付いた中で、一番効果のありそうなものだ。ただ、それが吉と出るか凶と出るかがわからない。それでもきっと、良彦は決行してしまうだろう。

脳裏に重傷で運ばれてきた良彦の姿が蘇って、穂乃香はきつく目を閉じる。

どうしてあの人は、ああも簡単に自分の身を火中へ投じてしまうのか。案じている人間のことなど、視界に入っていないのだろうか。黄金を助けたい気持ちはわかるが、もう少し自分のことも大切にして欲しいと願うのはいけないことなのか。

穂乃香は、ひとつ息を吐いて体を起こした。なんだか不安が怒りに変わってきた気さえする。ここで自分が癇癪《かんしゃく》を起こしたところで、事態は何も変わらないというのに。

「私に……できることは……」

自分の両手を見つめる。黄金のために、荒脛巾神《あらはばきのかみ》のために、良彦のために、自分ができることは何だろうか。誰も傷つかない結末を望むのは甘いかもしれないが、できるだけそれに近づけたい。

穂乃香は、カーテンの隙間から夜の住宅街に目を向ける。

何の変哲もないこの夜が、これからもずっと続くように。


「……というわけで、力を貸して欲しいんです」

翌日、穂乃香は良彦がバイトに出かけるのを見計らって、一緒に家を出てきた聡哲を捕まえた。

「わ、私でよろしければ、いくらでも！」

住宅街の片隅で、一人と一柱はこそこそと話をする。特にこそこそする必要もないのだが、雰囲気の問題だ。

「確かに、方位神様をお助けしたいという御用人殿のお気持ちは固いですから、今更何か違う案を考えて欲しいと言っても難しいでしょうね」

「そうなんです。良彦さん、基本的には素直なんですけど、思い込んだら一直線みたいなところもあって……。たくさんのことを、一遍に考えることができる人じゃないから、それなら私が考えていた方がいいかなって……」

住宅の陰で夏の日射《ひざ》しを避けながら、穂乃香は説明する。

「万が一を考えて、腹案を用意しておくということですね」

「はい、そういうことです」

穂乃香は、駅に続く道に良彦がいないかを確認する。知られても別にかまわないのだが、期待をさせてしまうかもしれないので、まだ黙っておいた方が無難だろう。結局、何の案も浮かばずに終わる可能性もあるが、何かしていないと自分も落ち着かないのだ。

「それで、私は何をすればよろしいですか？」

聡哲が意気込んで尋ねる。田村麻呂まで協力を申し出た今、彼も役に立ちたいと願っていたのではないだろうか。

「一緒に来て欲しいところがあるんです」

どちらへ？　と問う聡哲に、穂乃香は告げる。

「もう一度、首塚へ」

阿弖流為《あてるい》と母礼《もれ》の首塚については、たとえそれが本物であったとしても、何らかの遺留物があることは考えにくいという話だった。そもそも神社の境内が整備された公園になっている時点で、塚の痕跡を探ること自体が困難だ。しかしそれでも、田村麻呂が持っている刀以外に、何か荒脛巾神《あらはばきのかみ》に差し出せるものはないだろうか、と穂乃香は考えたのだ。

「でもねぇ、あの首塚が阿弖流為《あてるい》と母礼《もれ》のものだっていう証拠は何もないんだよ。ある時から突然そんな話が出ただけでね。あの石碑は、東北の人が中心になって建てたって話だけど」

聡哲と一緒にもう一度首塚を訪れた穂乃香は、管理している神社へ話を聞きに行き、公園を訪れていたお年寄りにも話を聞いたが、皆がだいたいそのような反応だった。本物かどうかはわからないが、供養したいという想いを汲んだというところだろう。おそらくこの盛り土を掘り返してみても、何も出てこないはずだ。

「あの、前も訊いたと思うんですけど、阿弖流為《あてるい》と母礼《もれ》の体は、別の場所に埋められたんですよね？」

盛り土の上で茂る楠の陰に隠れながら、穂乃香は尋ねる。

「はい、ここではなくて、もう少し向こうの処刑場の近くに、所持品などもすべて一緒に埋められたと思うのですが。すみません、私もはっきりと思い出せなくて……」

「いえ……こちらこそ、嫌なことを思い出させてごめんなさい」

お互いが頭を下げ合って、聡哲が処刑場の方向に目を向ける。

「あの辺りはすでに住宅が立ち並んでいて、探し出すのは難しいかと……」

「行ってみることはできますか？」

「もちろんです」

先導する聡哲の後ろを歩きながら、穂乃香は改めて周囲を見回した。隣接する神社は古いものだと聞いたが、周りはすっかり現代的な建物ばかりだ。聡哲がいなければ、わからないことばかりだっただろう。

「田村麻呂様が持っていた阿弖流為《あてるい》の刀は、聡哲さんも当時見たことがあったんですか？」

歩きながらふとそんな質問をすると、聡哲がぱっと顔を輝かせて振り返った。

「はい！　お会いした時に見せていただいて、とても興奮したことを覚えています！　ヤマトの刀とは違い、太くて力強く、阿弖流為《あてるい》が父親からもらったものだとおっしゃっていました」

「お父様の……。田村麻呂様は、そんな大切な物をもらえるほど、信頼されていたんですね……」

穂乃香はしんみりと口にする。死んで神になってなお、彼があの刀を持っていることの意味が、今更わかった気がしていた。

「はい……。あ、でも、田村麻呂様も阿弖流為《あてるい》に刀を差し上げているんです。官給品ではなく、有名な刀鍛冶に特別に作らせた、それはそれは見事な刀で！」

うっとりと宙を見つめて、聡哲は口にする。

「あの冴えた肌の輝き……。いつ思い出しても身震いがします。私がもらいたかったくらいで、お願いしましたがあっさり断られました」

彼らしいエピソードに、穂乃香は苦笑する。刀のためなら、わりと大胆になるらしい。

「昔は、そういう……刀を贈り合うような習慣があったんですか？」

「贈り合うというか……、そうですね、刀が武器以上の意味を持つものではありました。たとえば将軍や遣唐使が帝から賜る節刀というものがありますが、それは全権をその人に委任するという印でもあります。田村麻呂様はそれを見て、阿弖流為《あてるい》に刀を贈ることを決めたと聞きました。誓いのようなものだったのだと思います」

「誓い……」

穂乃香は、刀についてまったく知識を持ち合わせていない。時代劇などで目にする刀はあくまでも武器であり、それ以外の意味があるものだとは思いもしなかった。

「阿弖流為《あてるい》も田村麻呂様に刀を渡したということは、お互いに、信頼し合っていたということですね……」

「ヤマトが蝦夷の刀を持ち、蝦夷がヤマトの刀を持つ……。私にはお二人のその姿が、新しい時代の象徴だと思っていたのですが……」

「田村麻呂様が阿弖流為《あてるい》に渡したという刀も、残っていればよかったですね……」

穂乃香はぽつりと口にする。聡哲が欲しがったほどの上等な刀である以上に、二人の誓いと信頼を示す重要な証拠になっただろう。

「あ、その刀なら残っていますよ」

あっさりと告げた聡哲に、穂乃香の方がしばし言葉を失くした。

「うちの蔵にあります。時々愛でているのですが、やはり素晴らしい一級品で……」

「え……」

「板目《いため》の肌は流れる水のようにも見えて、そこにスッと通る直刃《すぐは》の刃文《はもん》がとても冴えているんです。おそらく渡来系の技術だと思うのですが、天石は、ああ、天石というのはその刀を打った刀鍛冶の名前ですが、彼の師匠がその技術を学んでいて――」

「ちょ、ちょっと待ってください！」

穂乃香は思わず足を止めて叫ぶ。通りを歩いていた近所の住人が、何事かと訝《いぶか》しげに振り返った。

「なんで聡哲さんが持ってるんですか⁉」

「なんでと言われましても……」

聡哲が、きょとんとして首を傾げる。

「だって阿弖流為《あてるい》と母礼《もれ》の所持品は、体と一緒に埋められたって！」

穂乃香に言われて、聡哲が初めて気付いたような顔でその場に立ち尽くした。

「どうしてそれを、聡哲さんが持ってるんですか？」

もう一度穂乃香に問われ、聡哲は愕然と目を見開いて記憶を探る。眉間に皺を寄せ、戸惑うように視線を動かし、不安げな顔でおぼろげな過去を辿った。

「どうして……私が……」

呆然とつぶやき、やがて聡哲は頭を抱えてその場にしゃがみ込んだ。

「……わかりません……。何か、何か忘れてしまっていることが――」

「聡哲さん！」

穂乃香ははっきりと彼の名前を呼んで、こちらに意識を向けさせる。できれば記憶も思い出して欲しいが、今はそれより重要なことがあった。

「その刀、見せてください！　今すぐ！」

穂乃香の勢いに圧《お》されるように小刻みに頷いて、聡哲は自分の社へ案内するために走り出した。

⛩

「師匠」

その日何度目かの鍛錬を繰り返したところで、向こう鎚を担っていた息子の福万呂がそう声をかけた。実の親子ではあるが、工房でやり取りをする時はそう呼ばれている。こちらが強制したわけではないのだが、彼なりのけじめのつもりなのかもしれない。官営の鍛冶場で働く兄に代わって、ここを取り仕切らねばならない責任も感じているのかもしれなかった。

「そろそろ終わりにしませんか。とっくに夕餉《ゆうげ》も冷めた頃です」

赤く熱した鋼と、振り下ろした鎚の先で飛び散る火花ばかりを見ていた天石は、そう言われて初めて、日よけ布の向こうの景色が、すでに暗くなっていることに気付いた。

「もう、そんなに経っていたか」

天石は、梃子棒の先にある鋼の塊に目をやる。まだまだ刀にはほど遠い形だが、この工程をおろそかにすることはできない。ここを丁寧にやるかどうかで、出来上がる刀の質が変わってくるのだ。天石に刀作りを教えてくれた養父が、口を酸っぱくして教えてくれたことだった。

「期限まではまだ日があります。今日はここまでにしましょう」

重い鎚を下ろして、福万呂は腰を叩く。鍛錬は一人ではできない。必ず二人、ないし三人が一組になって行うのだ。よって、天石一人だけの都合で進めることはできない。

「……仕方がない」

天石は渋々作業の終了を告げて、火床《ほど》の火を落としにかかる。普段なら貴重な炭の残り火に感謝し、皆で茸を炙って食べたりすることもあるのだが、今日は少し遅くなってしまった。工房には、息子を含め数人の弟子たちがおり、天石が仕事を締めにかかるのを見て、ほっとしたように片付けを始めた。頭の役目も楽ではないなと、天石はこっそり息を吐く。もっと自由にやってくれればいいのにと、時々ぼやきたくなるが、誰に似たのか福万呂がそういう規律を守りたがるので好きにさせている。どうせあと数年もすれば、自分にもあの世から迎えが来るだろう。そうしたらここの工房を担っていくのは彼なのだ。

　片付けを弟子たちに任せて、天石は今日の成果をまじまじと確認する。この刀を依頼した御仁は、生かすための刀を所望したいと言った。戦のためだが、殺すための刀ではなく、誓いの刀なのだと。神仏は我らの目には見えないが、いないわけではないと語るあの方の姿が、なぜだか小さな子どもと重なった。神に誓うための刀ならば、それを造るのは自分しかいない。引き受けることに躊躇は微塵《みじん》もなかった。

　天石は、不自由な右足を摩る。幼い頃の怪我が原因で、うまく膝が曲がらなくなってしまった。ここのところ、手に震えも出てきている。あとどのくらい、刀を造り続けられるだろうか。

「……いや、しかし、これが最後の仕事になっても悔いはあるまい」

　炭で汚れた服の上からそっと胸のあたりに触れて、天石はつぶやく。子どもの頃にはなかった胸の痣《あざ》は、今なお強く拍動を促している。ここまで生きたことが奇跡ならば、これ以上望んでは欲深というものだろう。

「お義父さん、こちらにどうぞ」

そう呼びに来た息子嫁の隣には、二人の孫の姿があった。

「じいじ、ごはんたべよ」

「ああ、そうだな」

まだ舌っ足らずな孫に急かされて、天石は立ち上がる。

どうか、どうかこの子たちがこの先もずっと健やかでありますよう。

この刀が、あの御仁の救いとなりますよう。

天石は、星の瞬《またた》き始めた空を見上げる。

神の天幕は今日も変わらず美しかった。

ワンポイント

神様講座 7

刀の変遷について教えて

田村麻呂が活躍していた頃の刀は、私たちが時代劇で見るような刀とは違い、反りのない大陸様式の直刀がほとんどでした。それが平安中期以降、反りのある刀へと変化していきます。それ以降はどんどん改良が重ねられ、時代ごとに少しずつ姿が変わっていきますが、基本的な造り方は平安時代からほぼ変わっていません。刀の原料となる「玉鋼」を作り出しているのは、現在奥出雲にある日本美術刀剣保存協会の「日刀保たたら」のみとなっています。

かつて
建御雷之男神《たけみかづちのかみ》が振るった布都御魂剣《ふつのみたまのつるぎ》は、
現在石上神宮に
ご神体として祀られておるぞ。
その姿は内反りで、
片刃の大刀だと言われておるぞ。

七柱　償いと決意

一

我が子が心配で。

我らの子らが心配で。

山からいつも見守っていた。

ほんの少し手を伸ばせば届くのに、ひたすら触れたい思いを堪えて、代わりに愛情に満ちた風を吹かせた。その風はちょうどいい塩梅《あんばい》に雲と雨を運び、作物と獣を育て、子らを慈しんだ。主である国之常立神《くにのとこたちのかみ》に人間を任された天照太御神《あまてらすおおみかみ》とは、このような気持ちで人間を見ているのだろうか。いや、おそらくは、自分の方がいささか肩入れしすぎているだろう。なにせ我が依り代に、三日にあげず祈りを捧げに来るのは、実の息子なのだから。

成人の儀以降、姿を消してしまった母を、阿弖流為《あてるい》は当初何日も捜し歩いた。山の中に分け入り、川や湖に潜り、猟の途中でも野良仕事の途中でも、どこかに母の姿を捜し続けた。父からは、母は荒脛巾神《あらはばきのかみ》だったのだと、お前の成人を見届けて山に帰ったのだと伝えられたが、にわかに信じることができずにいたのだ。そんな折、あまりに自分を捜し続ける息子が不憫《ふびん》で、荒脛巾神《あらはばきのかみ》はそっと夢で告げたことがある。

可愛い我が子よ。母はいつでもそなたとともにある。

どうしても心がざわめく時は、斎場の依り代に祈りなさい。

その日から阿弖流為《あてるい》は、憑物《つきもの》が落ちたように平静を取り戻し、代わりに足繁く斎場に通うようになった。狩りの成果、畑の育成具合、繋養馬場をはじめること、誰それの赤ん坊が立ったことなど、世間話のようなことまで逐一報告した。時には母礼《もれ》と改名した呂古麻《ろこま》を連れてくることもあり、二人の友情が続いていることに深く感謝した。二十歳を超える頃には、美しい娘を結婚相手として連れてきた。この時の喜びと少しの切なさを、なんと表現したらいいのだろう。世間の母親たちは、皆このような想いを抱いているのだろうか。きっと馬火衣《まかい》も、嬉し泣きをしながら酒をあおっているに違いなかった。

しかし平和な時間は長く続かず、蝦夷の里は西からの本格的な制圧を受けることになる。母礼《もれ》が暮らしている集落でも、戦は避けられないという話になって、早々に阿《あ》弖流為《てるい》たちとの共同戦線が提案された。

そんな頃に、阿弖流為《あてるい》が荒脛巾神《あらはばきのかみ》を祀るひとつの塚に、ヤマトの少年を連れてきたのだ。

その少年を一目見た時、荒脛巾神《あらはばきのかみ》は全身の鱗を打ち震わせて歓喜した。

ああ、この少年ならば、きっと阿弖流為《あてるい》や母礼《もれ》の力になってくれる。

きっと蝦夷とヤマトの懸け橋となってくれる。

そう思っていた。

思っていたのに――。

「――……そうだ、憎むならあの男であるべきだが」

ゆっくりと記憶の中から浮上して、荒脛巾神《あらはばきのかみ》は目を開いた。いつの間にか眠ってしまっていたようだった。広々とした草原に風が吹き渡る。頬を撫でていく風は柔らかいが、何の慰めにもならない。

「あやつが和睦などと言い出さなければ、京に子らを連れて行かなければ、処刑を止めていれば――、違う未来があったのかもしれぬ」

我が子の命が絶たれたことを知り、我を忘れた荒脛巾神《あらはばきのかみ》は、国之常立神《くにのとこたちのかみ》の手によって深い眠りにつかされた。そして目覚めた今、憎しみはあの男へと向かうと思っていたが、自分でも拍子抜けするほどその感情は燃え上がらなかった。それよりも、この世に対する虚しさの方が、何倍も膨れ上がっていたのだ。すでに田村麻呂が死に、復《ふく》讐《しゅう》するべき相手がいないからなのか、それとも戻らぬ時間にあきらめの感情がそうさせるのか、自身でもよくわからなかった。

荒脛巾神《あらはばきのかみ》が思考に沈む中で、ふと水晶の中の金龍が身じろぎした気がした。しかし伝わってくる意識は微かで、深層に沈んだまま未だ浮き上がってこないでいる。地面に接した水晶は、氷が解けるように少しずつ地面に馴染《なじ》み、そのうち金龍の体ごと吸収していくだろう。そうなればいよいよ、兄弟はひとつへと還《かえ》るのだ。

「……それでいい。それでいいのだ」

兄弟に意識を寄り添わせて、荒脛巾神《あらはばきのかみ》はつぶやく。

「悲しみの中で一緒に融ければ、寂しくはないだろう。今度こそ我らの、理想郷を作ろうぞ……」

意識が大地の核に触れて、その悲しみは震動となる。荒脛巾神《あらはばきのかみ》にとってはもはや何度目かわからぬ揺れを感じながら、ふと胸の中に生まれた疑問を口にした。

「なあ兄弟……、どうして主は……我らをふたつに分けて地上に降ろしたのだろうな……」

西と東の守護のためとはいえ、国之常立神《くにのとこたちのかみ》の眷属神であれば、一体であっても充分可能だったはずだ。

「ひとつのままであれば、こんなに苦しむことも、なかったと思わぬか……？」

荒脛巾神《あらはばきのかみ》は目を閉じる。

黒と金の鱗を持つ一体の龍。

それであっても我らは同じように、人間を愛したのだろうか。

じわりと融けた水晶が傾いて、ついに金龍の足が地面に触れ、沈むように吸い込まれていく。

⛩

昨日、穂乃香が聡哲のコレクションの中から持ち帰ってきた刀を見た田村麻呂は、その懐かしさと、刀を預けた友を改めて想い、とても複雑な顔をした。

「間違いない。どうしてこれだけが残っているのかはわからんが、阿弖流為《あてるい》に渡したものだ」

真っ直ぐな黒漆の鞘には、金と螺鈿の装飾が施され、柄の部分には麻布を巻いた上にさらに黒漆が塗られている。鍔《つば》は小さく、楕円《だえん》形の透かしがあり、縁や鞘口の金物や、腰に佩くための山形金物《やまがたかなもの》も綺麗《きれい》に残っていた。聡哲が一体どうやってこの刀を手に入れたのか、まだ彼は思い出すことができていない。刀は阿弖流為《あてるい》が処刑場に連れて来られる前に没収され、その後胴体とともに埋められたというが、果たしてその聡哲の記憶が正しいものなのかどうかも怪しくなってきた。

「……もしかしたらさ、聡哲が密かに阿弖流為《あてるい》たちを逃がした、なんてことは？」

ふと思いついた良彦が尋ねてみたが、田村麻呂は即座に首を振って否定した。

「それはない。私は、彼らの首が刎《は》ねられる瞬間を、確かにこの目で見ている。……阿弖流為《あてるい》が何か言おうとしていたことも、忘れたくとも忘れられぬ記憶だ」

そう言われて、良彦はそれ以上何も言い返せなかった。

しかしながら、良彦の前にとりあえず二振りの刀が揃った。今まで何の手掛かりもなかったことを思えば、これ以上ないほどの収穫だろう。お互いに交換した刀は、間違いなく彼らの友情と信頼を伝えるものになる。

「ただなぁ……」

ぼそりと吐き出して、良彦は夏の夜空を仰ぐ。

「いまいち決め手に欠ける気がしなくもない……」

すでに深夜一時をまわり、住宅街はただ煌々《こうこう》と街灯が光っているだけだ。ほとんどの家々が灯《あか》りを消し、昼間には感じることのない静寂が辺りを包んでいた。なんだか眠れなくて自宅を抜け出してきたが、歩けば歩くほど眠気は醒《さ》めていくばかりだった。自室には相変わらず聡哲が居候していて、そのことが随分慰めになっていた。大国主神《おおくにぬしのかみ》といい彼といい、まるで自分を独りにしないように気を遣ってくれているようだった。

今日、二振の刀を提示し、建御雷之男神《たけみかづちのおのかみ》らには明日にも東北へ行くことを伝えた。あちらからは了承とともに、万が一荒脛巾神《あらはばきのかみ》の説得に失敗した場合、良彦を救出次第、然《しか》るべき対応をするということを聞かされた。それはつまり、黄金の分離をあきらめる可能性もあるということだ。一柱の神を犠牲にすることと、この日《ひ》の本《もと》に住まう多くの神と人の子を天秤《てんびん》にかけた時、それはやむを得ない選択になるだろう。そしてその話し合いの最中、まるで警告するように、京都を震源に震度五弱の地震が関西地方を襲った。それは円を描くように全国へ広がって、日本列島全体がほぼ同時に震動するという結果をもたらし、SNSなどは一時騒然となった。古い建物が崩れたり、塀が倒れたりしたところはあったが、幸い死者は出ず、ただその揺れに誘発されるように、伊豆半島《いずはんとう》や九州地方で火山が活発化し、噴煙を上げた。荒脛巾神《あらはばきのかみ》にとっては、ほんの挨拶程度のものだろう。

良彦は住宅街を抜けて、高野川の傍をあてもなく上流へと歩いた。地震に慣れた日本の街は、今では幸い震度五弱程度の揺れでは甚大な被害は出ない。周りを見回してみても、いつもと何も変わらない風景に思えた。ただこの平穏が、紙一重のところで成り立っていることも知っている。夢の中で見た一面の炎は、今でも脳裏にこびりついたままだ。

入手した刀を見せて、田村麻呂と阿弖流為《あてるい》の間には、確かな信頼と誓いがあったと、荒脛巾神《あらはばきのかみ》に伝えることは可能だろう。しかしだからといって、荒脛巾神《あらはばきのかみ》にとっての我が子が戻ってくるわけではない。阿弖流為《あてるい》たちを救えなかった田村麻呂の過去が消えるわけでもない。心を病んでいる荒脛巾神《あらはばきのかみ》を、それだけでどうにかできるだろうか。未だ喪失感の中に沈んでいるであろう黄金を、救い出すことはできるのだろうか。

「まあ、迷ってる時間はないんだけどさ……」

金龍時代の黄金について、他に少しでも情報が得られないだろうかと、家を出る時にダメで元々の精神で、妹が買い置きしていたラスクを玄関前に置いてきた。百貨店の地下で売っているもので、あれなら食いつくだろうと思ったのだが、さてどうだろうか。妹には土下座して弁償するしかないが、その程度で済むなら安いものだった。

土手の方から、虫の鳴く声がする。夜中だというのに、少し歩けば汗ばむ気温だ。

建御雷之男神《たけみかづちのおのかみ》には明日出発すると言ったものの、良彦の払しょくしきれない不安は、傍にいた穂乃香には嫌というほど伝わっていたようだ。そもそもあの刀に辿り着いたのも、どうにかして他の手掛かりを見つけたいという思いからだったらしい。

「あのね、良彦さん」

建御雷之男神《たけみかづちのおのかみ》に会いに行く前、大主神社の石段を上ろうかというところで、不意に穂乃香がそう切り出した。

「私本当は、良彦さんに荒脛巾神《あらはばきのかみ》のところに行って欲しくない。その刀を神様に預けて、できれば神様たちで解決して欲しいって思ってる」

出会った頃と変わらない、何もかも見透かされそうな瞳で穂乃香は続ける。

「でも、良彦さんが黄金様を心配する気持ちはわかるの。『大建て替え』を止めたい気持ちも。だからね、行かないで、とは、言わない……」

そこで一呼吸おいて、穂乃香は覚悟を決めるように口にした。

「でもその代わり、私も一緒に行く」

「えっ」

「私は天眼だから、神様との連絡役もできる。きっと、役に立てると思う」

「いや、でも危ないし！」

「危ないのは良彦さんだって一緒でしょう？」

珍しく反論して、穂乃香は朝露に煌めく花のように笑った。

「もう決めたの」

毅然と言い放った彼女が、軽やかに石段を上っていく。その後ろ姿をぽかんと眺め、良彦は脱力するように空を仰いだ。いつの間に、あんなことを言うようになったのだろう。出会った時は自信がなくて、口数も少ない高校生だったのに。

「……まいった」

昼間の一件を思い出し、ぼそりとつぶやいて良彦は足を止める。守らなければいけないと思っていた少女が、いつの間にか隣で共に戦おうとしている。その事実が、今までにない感情を胸の中に生み出そうとしていた。そのことが余計、今回の荒脛巾神《あらはばきのかみ》との交渉に慎重さをもたらしているのかもしれない。

自分が怪我をしたら、彼女はまた悲しむだろう。

そう考えるのは傲慢だろうか。

仰いだ夜空に、星は数えるほどしか見当たらなかった。

「あ、おかえりなさいませ」

良彦がどうにかいろいろな感情を整理して帰宅すると、玄関前に置いていたラスクは袋ごと消えてなくなっており、代わりに自室には聡哲と一緒にラスクを頰張る白狐の姿があった。なんというか、期待を裏切らない。

「明日出発らしいなぁ。まあご苦労なこって」

相変わらずのふてぶてしさで、白狐は尾を揺らす。この部屋に狐がいると、それだけで黄金が帰ってきたのかと錯覚しそうになった。

「そんで、こんな時間に呼び出しとは何の用なん？　こっちも暇やないんじゃけど」

白狐に問われて、良彦はハッと我に返る。感傷的になっている場合ではない。時間は限られているのだ。

「……金龍のことについて、改めて何か訊けないかと思って」

「なんじゃ、またそれか。それなら前に話したじゃろ」

「他にも何かないかなと思ったんだよ。黄金の喪失感を、緩和できるような材料」

「はー、めんどくせぇなぁ」

白狐は後ろ足で耳の後ろを搔く。白い身体に映える青い首緒が、やけに目を惹《ひ》いた。

「金龍時代の黄金を知ってるの、お前しかいねぇんだもん」

「探しゃあおるじゃろ。石とか」

「オレ石としゃべる能力ねぇんだわ」

「ま、あいつら無口じゃしな」

　ホワイトチョコレートでコーティングされたラスクを、白狐がご機嫌で齧る。まずい、このままでは本当にラスクを食べさせただけで終わってしまう。妹への土下座が避けられないなら、何か少しでも情報をもぎ取らねば。

「残念じゃけどな、御用人さんよ」

　良彦の心中を読み取るように、白狐が金色の目をこちらに向ける。

「金龍は堅物中の堅物でな、わしの知っとる限り、浮いた話は前に話したようなことしかないんじゃわ」

「あの……土器作ってた、家族の？」

「そうじゃ。鱗をほんのひと欠片やっただけで、人の子に肩入れしたんかと、贔屓じゃないんかと、誰にも言えずに自分を責める奴よ？　そもそもそれ以外、ほぼ人の子に接触しとらんし――」

　そう言いかけた白狐が、不意にびくりと体を震わせて硬直した。何事かと視線を追ったが、その先には聡哲しかいない。聡哲の方も吃驚《びっくり》して自分の背後を確認したが、そこにはベッドがあるだけで、何も驚くような要素はない。彼の脇には黒漆鞘の刀をはじめ、聡哲の実家から持ち込んだ刀のコレクションもあるが、まさかその量に驚いたのだろうか。

「……まあ、そんなわけじゃし……わしはそろそろ……」

わかりやすすぎるほど目を泳がせた白狐が、食べかけのラスクを置いてそろりと立ち上がる。彼が食べかけを置いていくなど余程のことだ。耳を反らせてそそくさと窓の方へと移動する白狐を、良彦は問答無用で捕まえた。

「まだ帰すわけにいかねぇな」

「もうええじゃろ！　この前話したことが全部じゃ！」

「じゃあさ、逆にちょっと質問なんだけど」

前足の下に腕を通してがっちりと捕まえた狐に、良彦は問いかける。

「さっき、ていうかこの前もその話してくれたじゃん？　ほら、鱗の」

「それがなんじゃ！」

「改めて聞いて、ちょっと疑問に思ったんだけどさ……」

先日聞いた時は、それに続く話が衝撃的すぎて気付きもしなかったが、先ほどふと違和感を覚えてしまったのだ。

「黄金は鱗を、確か三男にあげたんだよな？」

「そうじゃ」

「鱗は別にすごい力を持ってるとかじゃなくて、ほんのお守り程度のもので」

「そうじゃ」

「それなのに黄金は、その子を贔屓しちゃったんじゃないかって、誰にも言えずに悩んでたんだよな？」

「そうじゃって言うとろうが！」

腕の中で白狐が暴れて、するりと抜け出した。ぶるぶると身体を震わせ、面倒くさそうに良彦に目を向ける。

「それの何が疑問なんじゃ！　堅物の金龍にしたら、普通のことじゃろ！」

「うん、そう。だから不思議だなって」

良彦は白狐の目を真っ直ぐに見返して問う。

「誰にも言えずに悩んでたのに、なんでお前は知ってんの？」

その意味に気付いた聡哲が、ハッとして白狐に目を向けた。

「黄金が悩んでたこと、なんで知ってんの？」

畳みかける良彦に、白狐の目がふわりと逸れた。その口元に、曖昧な笑みが宿る。

「そ、それはほら……あれじゃ……聞いたんよ、金龍に……」

「誰にも言えなかったのに？」

「そりゃ比喩ってやつじゃ。お前さん、四角四面にとりすぎじゃって」

へらへらと笑う白狐を、良彦は訝しく見つめる。これはもう怪しい匂いしかしない。

「オレ、二年近く黄金と一緒に住んでたからわかるんだけど、あいつがそうそう自分の弱みを見せるとは思えねぇんだよな。堅物ってのは納得できるし、今もそうだけど、こう、なんていうか、お前みたいな世渡り上手というか、楽観的に生きてる奴とあんまり合うタイプじゃねぇんだよ」

良彦は、白狐から一切目を逸らさないまま続ける。

「だから、あんたにそんな悩みとか、打ち明けるようには思えねぇんだけど？」

白狐が口元を引きつらせて、じりじりと後退する。しかしその後ろは、刀を手にした聡哲ががっちりと立ちはだかっていた。仮にもこちらは神だ。本気を出せば、眷属神の一柱くらいは捕獲できるだろう。

「そもそもさ、鱗をあげたっていう話も誰から聞いたの？」

「そ、それは……」

「鱗をもらった三男も、死んだんだよな？」

　一瞬の空白があった。次の瞬間、白狐が意表を突くように天井近くまで跳ねてそのまま姿を消そうとしたが、間一髪のところで聡哲が刀の鞘で叩き落とした。

「痛ってえええええ！　なんちゅーことするんじゃこのボケ！」

「お前が素直に言わねぇからだろ！」

「あーもう！　その刀がここにある時点で嫌な予感がしとったんじゃゃ！」

　床に這いつくばった白狐が、しかめ面で口にする。

「刀って、あれ？」

　良彦は、聡哲が手にしている黒漆鞘の刀に目を向ける。一体あれがどうしたというのだ。

「あれって、田村麻呂が阿弖流為《あてるい》に渡したやつだけど、あんたになんか関係あんの？」

「知らん知らん！　わしゃ帰る！」

「待て待て落ち着けって」

　できればこれ以上動物虐待はしたくない。良彦は、どうにか起き上がってブルブルと身体を震わせる白狐の前にしゃがみ込み、ふとその青い首緒に目を留める。そういえば月読命《つくよみのみこと》に会った時、彼がなんだか必要以上に怯えていたことを思い出した。彼の上司であるはずの宇迦之御魂神《うかのみたまのかみ》は、月読命《つくよみのみこと》とはあまり関係ないはずなのになぜだろうかと思っていたが。

そなた、——今も脱走眷属か？

確か月読命《つくよみのみこと》は、そう尋ねたのだ。

ということは、今は違う可能性があるのだろうか。

「あ」

不意にひとつの仮説に思い当たって、良彦は口にする。

宇迦之御魂神《うかのみたまのかみ》は須勢理毘売《すせりびめ》の異母姉だ。つまり、関係が深いのはむしろ『彼』の方。

「もしかしてお前の今のボスって——」

それを聞いた白狐が、観念するようにがっくりとうなだれた。

二

決行当日、鹽竈の社を訪れる前に、良彦は田村麻呂に頼まれ、かつて田村麻呂が阿《あ》弖流為《てるい》と和睦を誓ったという荒脛巾神《あらはばきのかみ》の斎場を訪れた。そこは田畑の中に家々が点在する長閑《のどか》な田舎町の山裾に、今では神社として存在していた。荒脛巾神《あらはばきのかみ》の信仰が薄れて以降は、不動明王《ふどうみょうおう》が祀られていたらしく、奥州藤原氏《おうしゅうふじわらし》などの信仰が厚かったようだ。樹齢二千年を超えるという、古木の根だけが残されたものを左手に見ながらふたつの鳥居をくぐり、奥に鎮座する本殿の裏にその巨石はあった。しめ縄が張られた巨大な岩の片方に、平らな岩が寄りかかるようにしている。地面の中から岩が隆起したような印象だった。苔むした岩の上には、隙間から伸びたのか、それとも降り積もった落ち葉を養分にして岩の上に根付いたのか、一本の木が太い両腕を広げるような形で真っ直ぐに伸びていた。

「……あの頃はまだこのような社殿はなかったが、この依り代だけは変わらぬ。もっとも、その木はまだ生えていなかったがな」

岩を前にして、田村麻呂が腰に佩いた刀にそっと触れる。まさにここで、阿弖流為《あてるい》からこの刀を受け取ったのだと。

田村麻呂はおもむろに岩の前で膝を突き、深く平伏する。晩年、ここへ来ることが叶わなかった彼が、ようやくできた苦い邂逅《かいこう》だった。

「……荒脛巾神《あらはばきのかみ》と蝦夷は相思相愛だったばかりか、阿弖流為《あてるい》は荒脛巾神《あらはばきのかみ》の子だったたなんてねぇ」

今回送迎役を買って出た大国主神《おおくにぬしのかみ》が、腕を組んでぼやく。

「それがわかってれば、皆だってもうちょっと優しくしたのにさ」

「言えなかったんだろ。黒龍も金龍も、そういう役目の神様じゃなかったから」

良彦は実際に岩の前に立ち、その大きさを改めて感じる。田村麻呂が阿弖流為《あてるい》と出会うずっと以前から、ここで蝦夷からの祈りを受け、見守っていたのだろう。

人の子を愛しすぎてしまった黒龍。

愛したかったのに愛せなかった金龍。

相反しているようで、実は似た者同士なのかもしれないとも思う。

「この他にも、この岩を模した塚が作られ、あちこちに点在していたのだが、もうそれは残っていないだろう。荒脛巾神《あらはばきのかみ》の花も、絶えたはずだ」

平伏を終えた田村麻呂が、淡々と口にする。千年以上ぶりに訪れるかつての地に、彼は何を思うのだろうか。

「あれ、穂乃香ちゃん？」

一緒に来たはずの穂乃香の姿が見えず、良彦は周辺を見回した。

「ここ」

本殿の前で穂乃香が合図したが、その足元に聡哲がうずくまっている。

「ここに来るまでの移動で、酔っちゃったみたいで……」

「え、僕の安心安全どこでもワープで⁉」

「変な名前つけんな」

心外そうにしている大国主神《おおくにぬしのかみ》に突っ込んでおいて、良彦は聡哲に歩み寄った。

「大丈夫か？」

「は、はい、すみません……。ここに着いた頃から、ちょっと気分が……」

息も切れ切れにそう言ったかと思うと、聡哲は口元を押さえて背中を強張らせる。

「無理しない方がいいよ」

「す、すみませ……」

「でも良彦、そろそろ建御雷之男神《たけみかづちのおのかみ》と打ち合わせた時間じゃないのか？」

大国主神《おおくにぬしのかみ》に言われて、良彦はスマートホンで時刻を確認する。今回は荒脛巾神《あらはばきのかみ》包囲網として、他の神々も東北へと赴いている。良彦と田村麻呂が鹽竈の社へ向かう時間は、あらかじめ相談して決めておいたのだ。

「先に行って。あとで追いつくから」

聡哲を気遣って、穂乃香がそう提案する。

「そうしなよ良彦、二人は僕が見てる。田村麻呂なら、良彦を連れて塩竈《しおがま》まで移動できるだろ？」

岩手県のここから、宮城県にある鹽竈の社までは、かなりの距離がある。人間だけで移動しようとしたら、結構な距離だ。

「問題ない」

大国主神《おおくにぬしのかみ》の申し出に、田村麻呂が頷く。良彦は逡巡《しゅんじゅん》したが、具合の悪い聡哲を連れて行っても、庇ってやれる余裕もないかと、それを受け入れた。男神二柱はともかく、残していく穂乃香のことがちらりと不安になったが、塩竈に連れて行くよりよほど安全だろう。

「じゃあ、あとで」

「うん、あとで」

良彦は穂乃香と目を合わせて頷き合い、塩竈に向けて出発した。

良彦と田村麻呂が見えない襞の向こうへと消えたのを見計らって、大国主神《おおくにぬしのかみ》が、さて、と聡哲に改めて目をやる。

「何か飲み物を買ってくるよ。穂乃香も喉が渇いただろ」

東北に来たとはいえ、夏の暑さは劇的に緩むわけではない。自販機あったかなぁとぼやきながら大国主神《おおくにぬしのかみ》が境内を出て行くのを、穂乃香は見送る。なんというか、こういう気遣いは人間以上のものがある。

「聡哲さん、吐き気、おさまりそうですか？」

穂乃香は聡哲の背を摩りながら問いかけた。もしかしたら脱水症状なのかもしれないと考えて、神様でもなるものなのだろうかと思い直す。

「……聡哲さん？」

返事がなくて、穂乃香は再度呼びかける。聡哲はしゃがみ込んだまま辛そうに俯いて、荒い息の合間に声を絞り出した。

「……穂乃香殿……、ひとつ、お尋ねしたいことが……」

「はい、なんでしょう？」

「あの……巨石と同じようなものが……他にもあるでしょうか……？」

問われた意味をすぐに呑み込めず、穂乃香は数秒瞬きして思案した。

「ええと……田村麻呂様がおっしゃっていた、塚のことでしょうか？」

もう残ってはいないだろうと言っていた、荒脛巾神《あらはばきのかみ》を祀る印。

「いえ、そうではなく……」

聡哲は冷や汗をかいた顔をあげて、本殿裏の少し高くなった位置に鎮座する依り代に目をやる。

「あの、巨石そのものです……」

「あれと同じものが、他にもあるかってことですか？　それは……考えにくいんじゃないでしょうか……」

荒脛巾神《あらはばきのかみ》の信仰に詳しいわけではないが、これほどの依り代になりうる自然石が、そこかしこにあるわけではないだろう。

聡哲は、胸のあたりを苦しそうに摑んで、大きく息をする。

「では……、ではなぜ、私はあれを、見たことがあるのでしょうか」

「え……」

その告白に、穂乃香は愕然と目を見開く。

「私は……私はここに来たことが――」

「聡哲さん！」

ぐらりと聡哲の体が傾いて、穂乃香は咄嗟《とっさ》に支えた。直後、背後にふと気配が具現化するのを感じる。大国主神《おおくにぬしのかみ》が帰ってきたのだと思って、手を貸してもらうつもりで振り返った。

「大国――」

しかし言葉は途切れる。

そこにいたのは、蝦夷の装束を纏った見知らぬ若い女性だった。

⛩

東北へ来る前、刀を持ち運ぶ良彦のために、聡哲は急遽《きゅうきょ》刀袋を用意してくれた。神が大事に愛でていた千年以上前の黒漆鞘の刀など、もはや御神刀と呼んでもいいくらいだが、さすがに良彦がむき出しのまま持ち歩いていたら職務質問されてしまう。本来は刀の登録証を一緒に所持していなくてはいけないらしいが、当然そんなものはないので、絶対に警察に捕まるなと念を押されてしまった。

「あの咆哮《ほうこう》が、荒脛巾神《あらはばきのかみ》のものか……」

鹽竈の社近くに到着してすぐ、田村麻呂が眉根を寄せた。かつて悲鳴のようだと大国主神《おおくにぬしのかみ》が言った叫びが、彼にも聴こえているのだろう。

「オレには聴こえないんだけど、……聴こえない方がいいのかもな」

空には相変わらず、真夏の太陽が君臨していた。八月のお盆前、アスファルトの上に立っているだけで汗が噴き出してくる。時刻はもうすぐ午後二時になろうとしていた。夏休みとはいえ、最も暑くなるこの時間帯に出歩いている人はさすがに少ない。

良彦は田村麻呂と一緒に、社を目指して歩き始める。すでに様々な神がこの地へやって来て、それぞれの配置についているはずだ。建御雷之男神《たけみかづちのおのかみ》とは別行動だが、彼もすでに社が見える海上に待機しているだろう。荒脛巾神《あらはばきのかみ》の包囲網は、良彦の知らないところで着々と作り上げられていた。

「あれ」

もうすぐ高台の社が見えてくる辺りで、良彦は見覚えのある二柱の神を見つけて足を止めた。

「須佐之男命《すさのおのみこと》と、久久紀若室葛根神《くくきわかむろつなねのかみ》……」

珍しい組み合わせだなと思っているうちに、久久紀若室葛根神《くくきわかむろつなねのかみ》が早足にこちらへ距離を詰めてきたかと思うと、無言で良彦の右手を取る。そしてそこに、植物の蔓《つる》のようなものを巻き付けた。彼が帯として使っているものに、質感がよく似ている。

「え、何？　くれるの？」

薄緑のそれを、ほどよい締め具合で右手首に三周させ、久久紀若室葛根神《くくきわかむろつなねのかみ》は解けないよう器用に端を結んだ。

「……お前を守るよう、皆で力を込めた」

久久紀若室葛根神《くくきわかむろつなねのかみ》はそう言って、良彦を睨むように見上げる。

「死んだら許さない」

その言葉が、驚くほど深く胸に刺さる。

「ありがとう……。何もかも終わったら、じいちゃんの話聞かせてよ。じいちゃんがあんたの、どんな御用を叶えたのか知りたい」

良彦の言葉に、久久紀若室葛根神《くくきわかむろつなねのかみ》は一瞬口を引き結び、目を合わせたましっかりと頷くと、そのまま何処《いずこ》へか走り去った。きっと彼にも任された仕事があるのだろう。

「良彦、こちらの準備は整った」

真夏の空気に溶けるようにして消えた久久紀若室葛根神《くくきわかむろつなねのかみ》を見送って、須佐之男命《すさのおのみこと》が告げる。

「すでにこの地は幾重にも神々の包囲網が張られている。それだけでなく、日の本の各地でもそれぞれの土地神をはじめとする者たちが、この動向に髪の毛の一本まで意識を向けている」

そう言われた瞬間、良彦の脳裏に今まで出会った様々な神々の姿が蘇った。名前も知らない神々、精霊、すべてが、息をひそめて成り行きを見守っている。

「万一の時は、彼らが人の子を逃がす時間を稼ぐだろう。そうするよう通達した」

さらりと口にする須佐之男命《すさのおのみこと》に、良彦はようやく腑《ふ》に落ちる。

「……そうか、月読命《つくよみのみこと》が言ってた、『弟は弟のできることをしている』って、そういうことか」

荒脛巾神《あらはばきのかみ》を討伐するでも、擁護するでもなく、ただ最悪の事態に備えて、彼は飛び回っていたのだろう。

人間の被害を、どれほど食い止められるか。

それがきっと、彼のするべきことだったのだ。

「ありがとう。できることはやってくるつもり」

良彦は、深海のような男神の双眼を見つめ返す。

「そうだ、あとさ、前に言ってた『神の禁忌』、オレわかっちゃったかも」

ふとそんなことを口にすると、須佐之男命《すさのおのみこと》は珍しく驚いたように目を瞠った。

「いろいろ納得がいったよ。助かったこともあったし。だから、あんま怒んないでやって」

そう言うと、須佐之男命《すさのおのみこと》は呆れたように短く息を吐いた。

「あいつまでお前に陥落したか」

「いやもう、半分脅したようなもんだから」

ひひひ、と笑って、良彦は告げる。

「じゃあ、行ってくる」

三

本殿へ続く唐門《からもん》の前で一旦足を止め、良彦は田村麻呂と目を合わせた。結界が張られているのは本殿のみだが、ここから先に入れば、おそらくまた傀儡の出迎えを受けることになるだろう。ここを突破して、本殿の中にいるはずの荒脛巾神《あらはばきのかみ》と直接対峙することが一番の目的だ。

「じゃ、作戦通りに」

あくまでも平然と、良彦は告げる。

田村麻呂と打ち合わせた作戦は、あまりにも無謀な賭けではあったが、それをやるのは自分しかいないだろうという決意だけは固かった。

「……いいのだな？」

田村麻呂が確認するように尋ねる。

良彦は頷き、微かに震える手を握りしめて唐門をくぐった。

真夏の日中に参拝客は少なかったが、案の定門をくぐってすぐにその姿は忽然《こつぜん》と消えた。周囲から音がなくなり、くすんだ色に沈む風景が良彦たちを迎え入れる。

そしてそこに、静かに佇む傀儡。

身に着けた蝦夷の装束は以前と変わらないが、頭は斜めに力なく傾いている。萌黄色の瞳を見たと思った顔面は、また黒の玻璃が覆っているものの、大きなヒビが斜めに走っていた。

「これが、傀儡か」

田村麻呂が小さくつぶやく。それに頷きながら、良彦は前回には感じなかった小さな痛みを胸に感じていた。

まともではない。

正気ではない。

荒脛巾神《あらはばきのかみ》は心を病んでいる。

神々がそう口にしていたことを思い出して、良彦には目の前の傀儡が、ひどく切ないものに思えた。

まともではない。正気ではない。

当然だ。

彼女は、息子を亡くしたのだ。

悲しみに我を忘れて何がおかしなものか。

「荒脛巾神《あらはばきのかみ》よ。……いや、阿弖流為《あてるい》の母様よ」

田村麻呂が呼びかける。

「私を、覚えていらっしゃるか」

傀儡は何の反応も見せず、ただそこに佇んでいる。意識があるのかどうかさえ、定かではない。それを見て田村麻呂はひとつ息を吐き、眦《まなじり》を引き上げた。彼の拳に力がこもったのを、良彦は感じ取る。

「我が名は征夷大将軍、坂上田村麻呂！」

腹の底から放つ太い声は、空間を震わせて傀儡へとぶつけられる。

「お主の息子阿弖流為《あてるい》の、この地を愛した蝦夷たちの、紛《まご》うことなき仇《かたき》なり！」

傀儡の頭が、ぴくりと動いた。傾いていた頭が、機械的な動きで直立する。そこに田村麻呂は、さらに畳みかけた。

「お前の息子と母礼《もれ》を、死ぬとわかっていて都に連れて行ったのは私だ！　――殺したのは私だ！」

その瞬間、傀儡が弾かれたように上空へ跳ねた。そして言葉にならない唸り声とともに、田村麻呂の上へと降ってくる。一瞬、腰に佩いた刀に手をやった田村麻呂は、結局それを抜かずに両腕で頭を庇いながら傀儡を受け止めた。

「行け、御用人！」

首を狙う傀儡の両腕を摑んで、田村麻呂が叫ぶ。その顔は鋭い爪で額を抉《えぐ》られ、鮮血が流れていた。

「ぐずぐずするな！　走れ！」

怒声のような一喝を浴びて、良彦は本殿へと走り出した。

田村麻呂が傀儡を足止めしている間に、どうにか良彦だけでも本殿へ突入し荒脛巾《あらはばきの》神《かみ》に会う。その作戦通りのはずなのに、胸が締め付けられて仕方がなかった。石畳を蹴る足が重い。なんだかいつもより息が切れる。頬に触れる空気が、近寄るなと警告するように静電気にも似た痛みを残していく。

「黄金！」

良彦は堪《たま》らず叫んだ。

「黄金聞こえるか！」

そう叫んでいなければ、脚が萎えて止まってしまいそうだった。

朱《あか》い漆が塗られた拝殿の奥へまわり込むと、建御雷之男神《たけみかづちのおのかみ》と経津主神《ふつぬしのかみ》を祀るふたつの左右宮が、木製の玉垣にぐるりと囲まれてある。おそらくはこれが結界の境目なのだろう。良彦は門扉の前に立って押し開けようとしたが、木製とは思えぬほどびくともしない。手触りも、大理石のように滑らかで固かった。

「やれやれ、ようやく来たか」

不意にそんな声がして振り向くと、先ほどまで誰もいなかったはずのところに、小柄な翁《おきな》が姿を見せていた。ほとんど頭髪はない代わりに、白い顎髭《あごひげ》が目立つ。派手な柄の着物の裾をたくし上げて帯に挟み、なぜかビーチサンダルを履いていた。

「え、誰⁉」

ここに来て新手かと、良彦は身構える。まさか参拝客ではあるまい。

「誰とは失敬な。わしは鹽土老翁神《しおつちおぢのかみ》じゃ。誰が今まで建御雷之男神《たけみかづちのおのかみ》の結界を維持してやったと思うとる。だがのんびり文句も言うとられんでな、わしのことは塩じいとでも呼ぶがいい」

「塩じい？」

「もうあの悲しい声を聴くのはうんざりじゃ。はよう何とかしてやってくれ」

翁は口早にそう言うと、胸の前で柏手《かしわで》をひとつ打った。そしてその合わさった両手の間から、青白い光が漏れ始める。

「いいか、結界を弱めるのは一瞬じゃぞ。見誤るなよ」

そう言われた直後、唐門の方から派手な音がして良彦は振り返った。ここから、田村麻呂の戦況は見えない。

「今はこちらに集中しろ。一度この中に入ったら、荒脛巾神《あらはばきのかみ》から金龍を分離させねば出てこられんぞ」

「……わかってる」

良彦はひとつ深呼吸をする。ここの結界はもはや、建御雷之男神《たけみかづちのおのかみ》だけの力で張られているのではない。

「みっつ数えろ。――いち」

翁と声を合わせ、良彦は口にする。

「――に、……さん！」

その瞬間、門扉がごく普通の木の質感に変わる。それを逃さず、体当たりするような勢いで良彦は中へと駆け込んだ。振り返ると、門扉の向こうで翁が親指を突き上げている姿が見えたが、すぐに扉は閉まってしまう。

「ありがとな！」

翁に聞こえたかどうかはわからないが、良彦はそう叫んでおいた。

「……さて」

一呼吸おいて、良彦は自分の背後に広がる景色に目を向けた。本来であれば、建御雷之男神《たけみかづちのおのかみ》を祀る左宮、経津主神《ふつぬしのかみ》を祀る右宮と、ふたつの社がそこになければならない。しかし目の前に広がっていたのは、見渡す限りの草原だった。聴こえてくるのは、風にそよぐ草の音だけだ。空は青く、日射しは穏やかで、白い雲が大地に影を落としながらゆっくりと移動していく。長閑な景色であるはずなのに、どこか落ち着かないのは、生き物の気配がないからだろうか。

「荒脛巾神《あらはばきのかみ》?」

良彦は、そこに佇む女性に呼びかける。こちらに背を向けて立つ彼女の、長い黒髪と身に着けた装束は傀儡と同じものだ。ゆっくりと振り返った彼女の目は、左が赤色、右がよく見知った萌黄色をしている。

「……またお前か」

その声は、思ったより随分落ち着いていた。

「金龍のことはあきらめろ。お前の元に戻ることはない。もう融け切るのは時間の問題だ」

荒脛巾神《あらはばきのかみ》が示す足元には、ゆっくりと地中に沈んでいく塊がある。その中に閉じ込められているものを目にして、良彦は弾かれたように駆け寄った。

「黄金！」

いびつな水晶の中に閉じ込められた黄金は、すでに首のあたりまでが大地に呑み込まれ、あとは頭を残すのみとなっている。

「待ってろ、今助けてやる！」

良彦はすぐに周囲の草を力任せに引き抜いて、道具がないため素手で土を掘り始める。途中で小さな石が出てきたので、そこからはそれを使った。しかし大型のスコップでもない限り到底追いつかない。その上水晶のすぐそばを掘っても、埋まっているはずの水晶に行きつかず、土しか出てこないのだ。つまりこの水晶は、氷のように黄金ごと土に溶けていることになる。

「この世界はな、私の内であり外だ。兄弟の身体を喰らい、そしてここで心を融かし、我らは本当にひとつになる。ふたつがひとつに戻るだけだ……」

良彦の焦りになど関心を払う様子もなく、荒脛巾神《あらはばきのかみ》はどこか呆けたような顔で空を見上げている。そこには小鳥や虫の姿もなく、ただ不気味なほど澄んだ青が広がっていた。

「内であり外……？」

なんだか最近、誰かから同じような言い回しを聞いた気がして、良彦はつぶやいた。

「あんたの世界は、こんなに寂しいのか」

その言葉に、荒脛巾神《あらはばきのかみ》がゆっくりとこちらに意識を向けた。そして色の違う瞳を向けて、ぽつりと口にする。

「……咲かぬのだ」

何が、と良彦が首を傾げると、荒脛巾神《あらはばきのかみ》はどこまでも広がる草原に目を向ける。

「咲かぬのだ。一番見たい花が」

「……花？」

良彦は小さく問い返す。そもそもこの空間がどういう理屈で出現しているのかわからないが、荒脛巾神《あらはばきのかみ》の意志ひとつでどうにかなるところではないのだろうか。

「まだ、力が完全ではないからか……？」

荒脛巾神《あらはばきのかみ》は不思議そうに自分の両手を見つめる。良彦はゆっくりと沈んでいく黄金の頭に目をやり、もう一度荒脛巾神《あらはばきのかみ》へ目を向けた。もたもたしている時間はない。

「その花が咲いたら満足なの？」

良彦が尋ねると、荒脛巾神《あらはばきのかみ》はゆっくりと顔を上げる。

「どうであろう……」

まるで少女のような仕草で彼女は思案したが、結局答えは口にしなかった。

「……『大建て替え』を起こしたところで、阿弖流為《あてるい》たちが戻ってくるわけじゃねぇぞ」

良彦は低く告げる。死者は蘇らない。歴史は覆らない。もしくはそれさえやってのけようというのが、『神』だというのだろうか。

「阿弖流為《あてるい》を育てたのは、あんたなんだろ」

その問いに答える代わりに、荒脛巾神《あらはばきのかみ》は微笑んだ。

「私は阿弖流為《あてるい》の実母の姿を借りて、あの集落で成人までの彼を育てた。これが幸せかと、思い知った日々だった。西の兄弟には到底、味わえぬものだっただろう」

うっとりと吐息に混ざる声は、どこか自慢げにも聴こえた。

「しかしなあ、我らには許されぬのだ。人間を愛することは、我らの役目ではないゆえに。ようやく兄弟に勝ったと思っていたが、赤子を育てたいと思った時点で、私の負けが決まっていた」

荒脛巾神《あらはばきのかみ》は、今まさに顎のあたりが土に沈もうとする黄金の頭に目を向ける。

「もう、疲れた……」

囁くような声が、良彦の耳に届く。

「我が子はもう戻らぬ。兄弟にも敵《かな》わぬ。それに今の世に守るべき価値を見出《みいだ》せぬ。

その命を分け与えられ、神の背である大地で生きることを許されながら、感謝もせずに欲の深いことばかりを叶えろと命令する人間を、慈しむべき理由があろうか」

鈍い痛みが胸の中に生まれた気がして、良彦は刀を持つ左手に力を込めた。小銭を投げては、神前で勝手な願い事を唱えていく人間たち。かつては自分も、その中の一人だった。

けれど、今は。

「……そんな奴らばっかりじゃないよ」

良彦がぽつりと口にして、荒脛巾神《あらはばきのかみ》が目線を上げる。

「阿弖流為《あてるい》のことは気の毒だったと思う。兄弟間の話は、オレにはよくわかんねぇ。でも人間のことは、ちょっとわかる。オレだって御用人になるまで、神様のことなんか全然知らなかったし、神社では願い事するもんだと思ってすらいた……。でも、御用人になってわかった。そういう人も多いけど、そういう人ばっかりでもないんだ」

もどかしく言葉にする良彦の脳裏に、遥斗《はると》の顔が浮かんだ。高龗神《たかおかみのかみ》の役に立ちたいと、今でも頻繁に社へ通っている。大三島《おおみしま》で出会った優真《ゆうま》は元気だろうか。稲本《いなもと》と仲のいい彼はきっと、実りに感謝できる大人になるはずだ。和歌山の大野《おおの》は、文句を言いながらも、姉と一緒に父親の研究を手伝っているだろう。

「地鎮祭を大事にしている人たちもいる。古事記《こじき》や日本書紀《にほんしょき》を研究してる人も、狸《たぬき》の神様をめちゃくちゃ大事にしてる人も――。オレはそれをずっと、黄金と一緒に見てきたんだ」

自分が知るのはほんの一部だ。けれどきっと、全国にはもっとたくさんいるだろう。自分自身ではない、誰かの幸せを祈る人たちが。

生かされている感謝を唱える人たちが。

「だから……。だから待ってくれ」

良彦はその場に膝を突く。黄金の顔は、すでに半分以上が溶けた。

「『大建て替え』は、考え直して欲しい。頼む……」

良彦は額を地面につけて懇願した。たとえもしも、万が一、黄金を救えない結果になったとしても、それだけは。

それだけは、何としても阻止せねばならなかった。

「……お前が、なぜ御用人であるのかが少しだけわかった気がする」

良彦を見下ろして、荒脛巾神《あらはばきのかみ》がぽつりとつぶやく。良彦が顔を上げると、荒脛巾神《あらはばきのかみ》は泣きそうな顔で笑っていた。

「ああ、頭にくる……」

彼女は、色の違う瞳を凶気すら滲《にじ》む絶望で彩って口にする。

「頭にくるなぁ、西の兄弟……！」

次の瞬間、荒脛巾神《あらはばきのかみ》の胸のあたりが不自然に盛り上がり、装束と皮膚を突き破って黒々とした龍の頭が現れた。人型の中から生まれてきたそれは、あっという間に巨大な体をくねらせ、良彦の前に鎮座する。風圧から顔を庇いながら、良彦は飛ばされぬよう必死で地面の草を掴んだ。なんという大きさだろうか。まるでその姿が、ひとつの山のようだ。

「――黄金⁉」

その太い首から分岐する、金色の龍の頭を見つけて良彦は叫んだ。狐の面影などまったくないが、なぜだかそれが黄金だという確信があった。あれが、呑まれてしまった身体の方ということなのだろうか。開いている萌黄色の瞳に光はなく、意識があるのかどうかはわからない。しかしそれは、まだ彼の心が荒脛巾神《あらはばきのかみ》に融け切っていないという、証拠でもあるのかもしれなかった。

「われらはひとつになるのだから、おなじでなくてはいけないのだ」

どこか機械的な抑揚で黒龍は口にする。自分よりも遥かに大きな赤い双眼に捉えられて、良彦は無意識に息を呑んだ。自分の無力さを、こんなにも圧倒的に感じることになるとは。

「だからこのひとのこもとかしてしまえばいい。そうすればわれらはおなじになる」

赤い目から感情は読み取れない。怒りも、悲しみも、何も伝わってこないのは、そこにあるのがただ絶望だからなのか。

「とかして、しまえばいい」

その声が聞こえると同時に、良彦は自身に落ちる影に気付いた。ハッとして目をやると、そこにはもう金龍の白い牙と赤い舌が迫っている。

「こが——」

身構える暇もなく視界は暗くなり、固いものと柔らかいもので体が包まれた。

金龍がごくりと喉を鳴らしたあと、そこに片方のスニーカーだけが転がっていた。

「もうおそい……。もうおそいのだ、すべてが……」

そうつぶやき、黒龍は不意に首を支えきれなくなって、轟音《ごうおん》とともにその場に倒れ込む。

水晶の中の狐神《きつねがみ》は、すでに耳だけしか見えなくなっていた。

額を拭った手に鮮血が付着して、神になっても血が流れるのかと、田村麻呂は妙に冷静に思った。先ほどから、傀儡の動きはやけに緩慢になっている。首を狙って頭にしがみついてきたものを無理やり引きはがし、再度襲ってきたものを投げ技の要領で地面に叩きつけたが、尋常ではない強さの蹴りを食らって唐門まで吹き飛ばされた。人間より頑丈にできているとはいえ、相手は国之常立神《くにのとこたちのかみ》の眷属だ。長い間やり合って、勝てる見込みはほぼない。ただ、良彦が本殿に入るまでの時間稼ぎになればいいと思っていた。

⛩

この計画を提案した時、良彦はいい顔をしなかった。いくら危うくなれば助けが来るであろう状況だとしても、大国主神《おおくにぬしのかみ》すら遠慮なく吹っ飛ばした傀儡を一人で相手にするなど、あまりに無謀すぎると。本殿に一人で突入を試みる方がよほど無謀だと言い返したら、良彦は露骨に渋い顔をした。感情を素直に顔に出す奴は面白い。思えば宮中にいた人間たちは皆、顔は笑っていても腹の底では何を考えているのかわからない者ばかりだった。

「阿弖流為《あてるい》……」

肩で息をしながら、田村麻呂は友の名前を呼ぶ。

「お前はあの時、何を言おうとしたんだ」

処刑寸前の顔を上げた一瞬、あの表情が、今でも脳裏に焼き付いて離れない。もはや訊くことのできない答えを考えるたびに、もっと自分にできることはなかったのかと自問自答する日々が続いた。そして神になって祀られてなお、一度たりとも忘れたことはない。

田村麻呂を唐門まで吹っ飛ばした傀儡は、すでに自身も満身創痍だった。装束は破れて袖がちぎれ、左手は捥《も》げ、髪もところどころ抜け落ちている。ひび割れた石畳の上で静止した彼女は、一歩前に踏み出そうとして、ぐらりと傾いて横向きに倒れた。田村麻呂は眉を顰《ひそ》め、遠巻きにその様子を観察する。明らかに、負った怪我以上の反応だ。何か本体の方で異変があったのだろうか。傀儡は右腕を突っ張って何とか起き上がろうと試みるが、力が入らずに再び突っ伏してしまう。白い膝が石畳の破片で抉れるのを見て、田村麻呂は奥歯を強く噛んだ。それよりももっと悲惨な戦場など見てきたはずなのに、今目の前にある光景が、胸に迫って仕方がない。

強大な蝦夷を守護した神の、こんな姿を見たかったわけではない。

友の母様と、こんなふうに再会したかったわけではない。

ゆっくりと歩いていった田村麻呂は、地面に這いつくばる傀儡の前で膝を突いた。

「すまない……。お主の息子を、子らを、救おうとしたのだ……。けれど間に合わなかった」

傷だらけの右手を取ると、ひやりと冷たかった。田村麻呂はその手に、腰から抜いた阿弖流為《あてるい》の刀を握らせた。

「貴女《あなた》の息子のものだ。父様からもらったと言っていた」

漆黒の玻璃の向こうに表情は見えないが、田村麻呂は目を逸らさずに告げる。

「あのように勇猛で優しい男には会ったことがない。……きっと、母様と父様の育て方が良かったのだな」

ふ、と微笑んだ空白と、漆黒の沈黙。

直後、田村麻呂は体にわずかな衝撃を感じてそれを見下ろした。

自分の腹に深々と突き刺さるのは、母なる神が握る友の刀。

その時田村麻呂の脳裏に、今まさに首を落とされんとする阿弖流為《あてるい》の顔が浮かんだ。

「　　」

ずっと知りたかった彼の最後の言葉が、なぜだかこの瞬間にようやくわかった気がした。

「……そうか……そういうことだったのか……」

田村麻呂は、抵抗もせずにそのまま傀儡を抱きしめる。

「遅くなってしまったな……」

石畳に落ちた鮮血が、じわりと広がって花のように咲いた。

ワンポイント
神様講座 8

阿弖流為《あてるい》と母礼《もれ》の首塚って本当にあるの？

作中で良彦たちが訪ねている通り、枚方市に実在します。しかしながら、阿弖流為たちの処刑地については諸説あって定まらず、河内国のどこかということしかわかっていません。首塚についても明確な証拠があったわけではないので、史跡でないにもかかわらず石碑まで設けられたことには批判の声もありますが、住宅街の中で密やかに北天の雄の名を語り継いでいます。

田村麻呂が建てたという京都の清水寺にも、
阿弖流為と母礼の碑があるのだぞ。
訪ねた際は探してみるとよいぞ。

八柱　愛しいもの

一

「ひとつ、お訊きしたいことがございます」

六度目の『大建て替え』を起こした後の主に、金と黒の鱗を持つ龍は尋ねたことがあった。

「七度目の世界にもまた、人間を創るのですか？」

「ああ、根源神はそのおつもりだ」

主は柔らかく笑んで答えた。

「どうして六度の失敗を経てなお、根源神は人間をお創りになるのでしょう」

「さて、なぜだろうなぁ」

内であり外であるその場所から、対流し、混ざり合い、新たな大地を形成する世界を、主は眺めていた。

明確な答えをもらえなかったことで、龍はしばし考え込んだ。これは、自分でその答えに辿り着けということなのだろうか。

黙り込んだ龍に、興味深そうに目を向けた主は、顎を撫でながら口を開いた。

「人の子は、根源神の姿を模して創られる。魂は全から個へ与えられ、肉体が死ねば個から全へ還る。それを繰り返すことで、人の子がどのように成長していくかを、きっとご覧になりたいのであろう」

それを聞いて、龍はさらに混乱に陥った。人間の成長を見ることに、何の意味があるのだろう。根源神にとって、重要なことなのだろうか。

「畏れながら、主。一体それにどんな意味があるのでしょう」

尋ねた龍に、主は当然のように答えた。

「そりゃあ、可愛いからに決まっとる」

「可愛い、から……？」

「それ故に根源神は、人間を『人の子』と呼ぶ」

ひひひ、と肩を揺すって、主は笑った。

「ひとつだけでは、気付けぬこともあるのだという話じゃよ」

龍がふたつに分かれ、西と東の守護を任されて地上に降りたのは、それからしばらくしてからのことだった。

なんだか随分懐かしいことを思い出した気がして、黄金はふと意識を浮上させた。今までずっと、黒龍の記憶や自分が忘れていた記憶が、古い映画のようにずっと再生され続けていた。その中にぽんと、なんの前触れもなく現れたのは、まだふたつに分かれる前の、ひとつの龍だった頃の記憶だ。

なぜそれを今頃、思い出したのだろう。

はっきりした解答に辿り着かないまま、黄金は再び意識がぬるま湯に沈んでいくのを感じた。以前より、兄弟の意識を近くに感じるようになった気がする。もうまもなく、ふたつの龍はひとつに戻るのだろう。

しょうがないよ。

そう耳元で囁くのは、三由《さんゆ》の声だ。

しょうがないよ。だってあなたは殺したんだ。

僕を。

家族を。

数多《あまた》の人間を。

たとえそれが役目であったとしても。

もう疲れたでしょう？　おやすみ。ゆっくり、眠っていいよ。

黄金は三由《さんゆ》の声に導かれるようにして、心地よい温度の中に溶けていく。

ちらちらと降ってくる弱い光は、未だ瞼の裏を照らしていた。

⛩

目の前を横切っていく大きな光の玉の塊を、良彦はぼんやりと眺めていた。青いもの、黄色いもの、薄い桃色のもの、緑色のもの。それらが穏やかな流れに乗るように、ゆっくりゆっくり移動している。自らも揺蕩《たゆた》うように浮遊したままそれを見ているうちに、ふとここはどこだろうかと考えた。以前にも、一度来たことがなかっただろうか。そんなことを思っているうちに、他の塊に弾かれた黄色い光がこちらに流れてきて、良彦の体を通り抜けた。その瞬間、脳内に見たこともない記憶が再生される。

幼い子どもが差し出す、薄青の花。

午後の陽を反射する川面。

土と風のにおい。

家族で眠る穏やかな夜。

白い貝殻の飾りを手首に付けた細い手が、眠る子どもの額に張り付いた髪を丁寧によけてやるのを、良彦は一瞬の映像で視た。ただしそれは、視るというより感じるという感覚の方が近いかもしれない。

ふと、左手に何か固いものがあることに気付いて、良彦はそちらに意識を向ける。握っていたのは、細長い布袋に入った一振の刀だった。それを見た瞬間、頭の中に一本芯が通るように意識が明瞭になった。ようやく冷静さを取り戻し、良彦は周囲を見回す。確か自分は黄金に喰われたと思ったが、ここが彼の内部なのだろうか。以前ここに来たときは、あの光の塊はイノテ一家を見ていた黄金の記憶だったはずだ。しかし先ほど見たものは、なんだか違う気がする。あの記憶の持ち主は、おそらく女性だろう。

「もしかして、荒脛巾神《あらはばきのかみ》の……？」

つぶやいて、良彦は手近にあった青い光の塊に触れる。そこには、夜になっても戻らぬ我が子を心配する母の、締め付けられるような想いがあった。良彦は、自分を落ち着かせるように息を吐く。他者の記憶であるというのに、ここで触れるものはまるで自分の記憶であるかのように同調してしまうのだ。

「黄金に喰われたと思ったんだけど……、荒脛巾神《あらはばきのかみ》の中なのか……？」

そもそもここは体内なのか。それとも意識だけが別の場所に飛んでいるのか。良彦はもう一度辺りを見回し、出られそうな場所を探したが、あるのは暗闇に浮遊する光ばかりで、天井も床も壁も見当たらない。どうしようかと考えていたところに、青色の光が飛んできて、思わず避けた拍子に桃色の光へ取り込まれる。

「――あれ？」

脳内を通り過ぎていったのは、見覚えのある村の風景だった。川のほとりで、幼い妹と一緒に泥遊びに興じる少年が描くのは、四つの六角形の模様。これは黄金の記憶ではないのか。

「混じってるのか……？」

その事実に、良彦を言いようのない焦燥感が包んだ。記憶を共有しているということは、もうそれほど融合が進んでいるということなのだろうか。

「黄金」

良彦は光の隙間を縫いながら浮遊して、彼の名前を呼ぶ。

「黄金、どこだ！」

少しでも光に触れてしまうと、その記憶が否応なく頭の中に流し込まれた。そのたびに感情が揺さぶられて、自分で制御できなくなってくる。強制的に感情が切り替えられてしまうので、予想以上に疲弊してしまうのだ。

深呼吸をしながら、ふと光の塊が流れる川の対岸へ目を向けた良彦は、そこにこちらを向いて座っている一匹の狐がいることに気付いた。

「黄金？」

良彦は、光に触れないようにしながら川の中へ踏み出す。

「こが――」

もう一度呼びかけようとした良彦は、不意に後ろから飛んできた光の塊に呑み込まれた。強制的に視せられたのは、荒脛巾神《あらはばきのかみ》の記憶だった。彼は金龍を兄弟と呼びながら、憧れと同時に少しの疎ましさを感じていた。生真面目で勤勉、融通が利かなくて頑固だが、お役目のために脇目もふらず鉄槌《てっつい》を振り下ろす兄弟を、彼はそんなふうに見ていた。

それに比べて、自分はなんて弱いのだろう。

いいなぁ。兄弟は、強くていいなぁ。

光から抜け出した良彦は、感情を逃がすように大きく息を吐く。

「……神様の兄弟でも、そんな風に思うんだな……」

良彦は自分の妹のことを思い出した。自分と違って優等生で、勉強も運動も難なく及第点をとってくる。けれどそんな彼女にも悩みがあり、野球しかできなかった自分へ、嫉妬心に似たものすら向けられていたこともあった。

対岸の狐は、その場から微動だにしない。それに目を向けて、良彦は問いかける。

「……黄金は、荒脛巾神《あらはばきのかみ》のこと、どう思ってたんだ？」

すると流れに乗って緩やかに進んでいた光の塊の中から、ひとつが飛んできて良彦を呑み込んだ。人の子と交わることがいけないことだとわかっていながら、その輪の中に飛び込んでいった黒龍を責める想い。それと同じくらい、羨ましく思う心。必死に抑え込もうとする興味。葛藤。結果、中途半端にかかわった人の子を救えもしなかった自分への、怒り。

良彦は膝を突いて、潤む目を何度も瞬きする。

お互いが自分にないものを羨んで、すれ違った兄弟がそこにいた。

光と影。陰と陽。まさに黒と金の兄弟。

そこから立ち上がる間もなく、良彦は連続して光の塊に次々と呑み込まれた。まるで彼らの方から知ってくれと言わんばかりに、蜘蛛《くも》の糸に群がる亡者のように、暇《いとま》なく良彦にぶつかっていく。その度に良彦は、喜びの記憶に微笑み、悲しみの記憶に泣き、怒りの記憶には腹を立てた。目の前で繰り返される営みは、すべてが些細で、愛おしく、尊かった。けれど同時に、本来傍観せねばならない立場だった龍たちにとって、寄り添えば寄り添うほど葛藤は疑問に変わっていく。

このままではいけない。

離れなければいけない。

手を差し伸べてはいけないと、わかっているのに。

どうして、それが許されないのだろうと。

もう幾つめかわからない光から記憶を流し込まれ、良彦はその場で体を丸めて、子どものように嗚咽《おえつ》をあげて泣いた。人間を我が子のように愛した黒龍も、我が子のように愛したかった金龍も、両方の想いが流れ込んできて胸が押しつぶされそうだった。

「ちくしょう……！」

食いしばった歯の隙間から、良彦は唸るように吐き出す。

「ちくしょう！」

なんてもどかしいのだろうか。

龍たちはこんなにも。

こんなにも、愛したかったのに。

愛したかっただけなのに。

地面を拳で叩いた良彦は、全身の力を振り絞るようにして立ち上がり、対岸までを走った。そしてそこにいる見慣れた狐神を捕まえようとしたが、良彦が触れた途端、その姿はあっという間に崩れ去って砂の山ができた。

呆然と立ち尽くして、良彦は自分の両手に目をやる。見慣れたはずのそれは、いつの間にか指先の色が抜け、空気に溶けるような透明になっていた。

「え……なんだこれ……」

掌もすでに半透明になっており、向こうの景色が透けて見えてしまう。全身をざっと鳥肌が走るのを感じながら、良彦は呑まれる寸前に聞いた荒脛巾神《あらはばきのかみ》の言葉を思い出した。

――とかしてしまえばいい。

つまり自分も、黄金と同じように荒脛巾神《あらはばきのかみ》の中に融けていくということなのか。少なくとも彼らの過去と感情は、先ほど強制的に共有させられた。それが彼らの一部になっていく序章ということか。

「……まじか」

ぽつりとつぶやき、自分の身体のあちこちを確認していた良彦は、不意に今まで緩慢に動いていた光の塊が、急にピンポン玉のように跳ね始めたことに気付いた。突然意思を持ったように動き始めた光は、一カ所に集まってどんどん積みあがっていく。流れの外側にあった塊も、引き寄せられるようにそこへ転がった。やがて見上げるほどのひとつの塊になった光たちは、蛍の光のような柔らかさでふとその輝きを消したかと思うと、瞬きの間に別の物質へ姿を変える。

漆黒の中で開いたのは、紅《あか》の双眼。

それは、荒脛巾神《あらはばきのかみ》と同じ色だ。

かなり距離があるはずなのに、全体像がはっきりと見えないほどの巨大な龍が、そこに姿を現した。

良彦は思わず後ずさって息を呑む。先ほど見た黒龍より、さらにもっと大きいだろう。自然と足の力が抜けてその場に座り込み、良彦は平伏するように地面に手を突いた。まるで、そうすることが当然であるかのように。

国之常立神《くにのとこたちのかみ》の正統眷属である金と黒の鱗を持つ龍は、何千年と生きた古木のような角を掲げ、ただ良彦を見下ろしていた。

⛩

力なく座り込む御用人の姿を心眼で捉えて、国之常立神《くにのとこたちのかみ》はゆっくりと目を開いた。かつて良彦を招いたこの空間に、今は自分の他に一柱の女神がいる。壁も床も天井もないそこで、彼女は脇息にもたれかかるような姿勢でこちらを見ていた。

「随分と、意地の悪いことをなさる」

結った黒髪に、装飾はほとんどない。白衣に白袴《しろばかま》という簡素な出《い》で立《た》ちの中で、真朱の襟元が、まるで彼女の矜持を表すように凜《りん》として見えた。

「そんなつもりはないがね。むしろわしは御用人を応援しているのだが」

「良彦のことではありません。龍のことです」

体を起こし、姿勢を正して彼女は国之常立神《くにのとこたちのかみ》に向き直る。

「可愛い眷属をお育てになるのもよろしいが、人の子を巻き込むのはいかがなものか」

「世話の焼ける龍でな」

「ならば放任しておかずに、きちんと面倒を見てくりゃれ」

ぴしゃりと言われて、国之常立神《くにのとこたちのかみ》は咎められた子どものように肩をすくめた。

「すっかり母の顔になったではないか。なあ、大日孁女神《おおひるめのかみ》——いや、天照太御神《あまてらすおおみかみ》よ」

かつて国之常立神《くにのとこたちのかみ》から人の子を任された母なる神は、呆れ顔で息を吐く。

「いつまでここで傍観しているおつもりかえ？　ひとつになった龍は、本当に『大建て替え』を起こしかねませぬぞ。しびれを切らした建御雷之男神《たけみかづちのおのかみ》が、乗り込んでくるのも時間の問題でしょう」

さすがに弟たちと話す時よりも幾分畏《かしこ》まった口調で、天照太御神《あまてらすおおみかみ》は訴えた。

「わかっておる。せっかく御用人がここまで辿り着いたのだ。最後まで見届けてもよかろう」

「最後とは、木の葉が枯れ落ちるまででございますかえ？」

間髪を入れない天照太御神《あまてらすおおみかみ》の問いかけに、国之常立神《くにのとこたちのかみ》は渋い顔をする。

「このままであれば、彼もまた龍の中に融けてしまいますぞ」

御用人もまた人の子であり、彼女にとっては守るべき者だ。

「枯れ落ちはせんだろうよ。あやつならば……」

国之常立神《くにのとこたちのかみ》は、興味深い面持ちで顎髭に触れる。

龍の前に座り込んで、半ば放心している彼が今後どう動くのか。どこかで彼に、期待してしまっている。もしかしたら彼こそが、悩み続ける哀れな龍たちに答えをもたらすのかもしれない、と。

「……良彦」

国之常立神《くにのとこたちのかみ》は、静かに呼びかける。

「お前に龍が救えるか──？」

⛩

「……御用人よ」

金と黒の鱗を持つ龍は、地面に手を突いたまま呆然としている良彦に呼びかけた。荒脛巾神《あらはばきのかみ》のものとよく似た声は、地の底から湧き出てくるように低く響く。

「呑まれてなお、自我を失わぬ気力は褒めてやる。しかしもう、あきらめろ」

まるで子どもを諭すように、声は優しく投げかけられる。

「次第に自我も薄れ、いずれ我らの中に融けるだろう」

良彦は声を忘れたように、巨大な龍を見上げていた。脚に力が入らない。全身が萎えて、その場にひれ伏してしまいそうだった。

「……それが、もともとの姿なのか？」

良彦はぽつりと尋ねる。黒と金の鱗が混ざる体は、こんな状況であっても、繊細な蒔絵《まきえ》のようで美しいとさえ思った。大樹を思わせる角は、それだけで大地の守護者として相応しい迫力がある。

「そうだ。我ら兄弟が、ひとつであった頃の……」

龍の鱗が、さざ波のような音を立てる。

「しかし今は、私だけの体だ。もはや金龍は、悔悟の海に沈んだまま、意識すら上がっては来ぬ。忘れたはずの記憶を見せつけられたことが、それほど耐えられなかったようだ。ひとつの姿をとることに、抵抗すらしなかった」

龍は、どこか憐れみさえ浮かべているようだった。

「自らが人間に心を寄せ、中途半端に見殺しにしたことなど、兄弟にとっては消し去りたい過去であっただろうからな……」

消し去りたい過去。

それを聞いて、良彦は頭の芯がふと冷えていくのを感じた。どうあがいたところで消せないものがあることなど、黄金だってよくわかっているはずだ。いくらそれが大きな後悔だったとしても。自分はそれを、御用として今までたくさん見てきたのだ。神ですら持て余す感情があることを。

そして同時に、前を向く方法も。

良彦は、徐々に感覚がなくなってきた手を確かめるように握り、刀を杖のように支えにして何とか立ち上がる。おそらく脚も、手と同じように半透明になっているのだろう。力が入らないのはそれも原因のはずだ。

「……思い出したくない過去があるのは、わかる」

山のような龍に目を向けて、良彦はぽつりと口にした。

「サンユっていう三男坊に目をかけて、それでも結局救えなかったって嘆くのもわかる。……でもさあ黄金、お前は荒脛巾神《あらはばきのかみ》と違って、そこからずっと世の中見てきただろ。時が止まってたわけじゃねぇだろ」

ひとつになった龍の姿を見て、湧き上がってきたのは絶望などではない。

それは、悲しみの混じった怒りに似ていた。

「もう戻らねぇ過去のせいにして、現在《いま》を捨てんのかよ？　これから創ってく未来なんか、どうでもいいのかよ⁉　お前にとって、御用人のお目付け役として生きる今日なんかどうでもよかったのかよ！　都合よく尻尾巻いて逃げてんじゃねぇぞ！」

腹の底から叫んで、良彦は肩で息をした。

今ならわかるのだ。

なぜ彼が甘い物を食べたがったのか。

家電や乗り物に興味を示したか。

それは人間のことが知りたかったからだ。

人間と感情を共有したかったからだ。

救えなかった一家のことを記憶の底に沈めながら、彼はやり直そうとしていた。

人間と一緒に、生きるということを。

それすらも彼はあきらめてしまったというのか。

「兄弟を侮辱することは許さぬ」

龍が太い尾で見えない地面を叩いた。その衝撃で、良彦は足をすくわれるようにして尻もちをつく。

「兄弟の喪失感は私が一番よくわかっている。お前ごときが語っていいことではない。我ら龍の兄弟が、如何《いか》ほどの苦悩で身を焦がしたと思っている。悔悟の海に沈むのも仕方のないことだ」

紅い目が、冷ややかに良彦を見下ろした。それに負けじと、良彦はもう一度立ち上がる。

「……過去のせいにして、現在から逃げるのも、仕方がないことか？」

「ああ、そうだ。儚き木の葉のごとき人間にはわかるまい」

「明日何食おうとか、コンビニの秋の新作スイーツ楽しみだなとか、そういうことを考えながら過ごす平凡な毎日を、全部捨てるのも？」

「ああ」

「今まで会った人や、これから出会うかもしれない人との可能性とか、繋がりとか縁とか、そういうのを踏みにじっても？」

「しようがないことだろう」

詮方ない。致し方ない。悲しそうに目を閉じて首を振る龍を前に、良彦は息を吸う。

息を吸って、体中で絶叫する。

「しょうがなくなんかねぇよ!!」

肩で息をして、良彦は紅い双眼を睨むように見上げた。

「……荒脛巾神《あらはばきのかみ》、オレは田村麻呂に、あんたのことも助けるって約束した。だからこんな状況で言うのもなんだけど、信じてくれ。たぶんもう、これしか方法がない」

良彦は刀袋を開ける。その中から取り出すのは、一振の黒漆鞘の刀。

「これは、田村麻呂が阿弖流為《あてるい》に贈った刀だ。戦を終わらせて和睦を結ぶっていう誓いのために、当時めちゃくちゃ腕のいい刀鍛冶に作らせた。代わりに阿弖流為《あてるい》は、自分の刀を田村麻呂に渡した。今も大事に持ってる」

それを見て、龍は拍子抜けするように少しだけ笑った。

「何かと思えば……。それがどうした。私が、それを知らぬとでも？」

良彦は黙って、聡哲に教えてもらった通りの作法で、鞘から刀身を引き抜く。

「もしやそのような細刀一振で、私に対抗しようとでも思ったのか。それとも、私の涙を誘えるとでも？」

「それを考えたこともあったけど、残念ながら違う」

漆黒の空間にあってなお、露《あら》わになった刀身は白く光っているようだった。流水のようにも見える地金の模様に、一陣の風のような直刃の刃文。良彦は刀を横に寝かせるように持って、その刃を自分へと向けた。

「……何の真似だ」

その行為を理解できずに、龍が怪訝な顔をする。

「生憎《あいにく》オレに自傷趣味はねぇよ。それよりうちの狐に、ここ見せてやってくれる？」

そう言って、指したのは刀の棟《むね》。

ちょうど刃の反対側、ほんの五ミリほどの平たい背に刻まれているのは。

「この四つの六角形に、見覚えないはずないいんだよな」

良彦は明瞭な声で告げる。

「だってこの刀を打ったのは――サンユだから」

それは、白狐が白状した過去。

イノテの三男であるサンユが、叔父と一緒に崖崩れに巻き込まれたのは本当の話だ。けれどそこに通りかかった白狐が、彼の持つ金龍の鱗を触媒にして、まだかろうじて息のあったサンユの命を救ったことは、神の禁忌であり他言無用の秘密だった。

しゃーないじゃろ、あいつにはわしも恩があったんじゃ。

重傷の体に抗《あらが》うように、心臓は最後まで動こうとしていたと白狐は言った。だから自分は、それをちょいと手助けしてやっただけなのだと。結果彼は、罰として宇迦之御魂神《うかのみたまのかみ》などよりもっと厳しい須佐之男命《すさのおのみこと》の麾下となり、あらゆる情報収集のため全国津々浦々を走り回る羽目になった。

「サンユはその後、行者に拾われて、子を亡くした刀鍛冶の家にもらわれた。そこで腕をあげて、天石っていう刀鍛冶になった。――だから」

刀を下げて、良彦は真っ直ぐに龍の目を見つめ返す。

その奥にいる、黄金に届くように。

あの日救えなかった命を悔いた、金龍に届くように。

「サンユは死んでなかったんだ。死んでなかったんだよ！　お前の鱗がサンユを助けたんだ。ちゃんと、救ってたんだよ！」


はっと目を開くと、そこには光があった。

よくよく見ればそれは木漏れ日で、彼は自分が大樹の陰にいることに気付いた。押さえつけられていると思っていた四肢は、いつの間にか自由に動くようになっている。まだ少し混乱しているが、どこか頭がすっきりしているように感じた。しかし一体、自分はなぜここにいるのか。理解できないまま、彼は見覚えのない景色を見回した。

広く長く枝葉を伸ばした巨木は、風雨に耐えた幹がそれでも生き生きとそこにある。その樹《き》から落ちてきたであろう葉が、地面のあちこちに散らばっていた。まだ青々とした葉もあれば、黄色く変色したものもある。その中の一枚に、彼はふと目を留めた。それは茶色く枯れて乾燥した葉だった。触れると今にも崩れてしまいそうなほど脆いが、どこか最後まで生き切った誇らしさがある。

「お前と、どこぞで会うたか……？」

なぜだか懐かしさを感じて、彼は問いかけた。同時に、その他の落ちている葉にも、不思議な存在感を覚えた。

「お前たちと、どこぞで……」

そう言いかけた時、緩やかな風が吹いて枝葉を揺らし、そのさらさらとした音が、やがて呼び声に変わる。


こがね。


それを聞いて、彼は自分が黄金であることを思い出した。

ああ、確かに自分の名前だ。

金龍でも、西の兄弟でもない、自分の。


黄金。

木漏れ日の中から降ってくるこの声には聞き覚えがあった。

一枚の生意気な若葉が呼び捨てにするこの声。

「しょうがなくないんだって」

不意に近くからそんな声が聞こえて、黄金はそちらを振り向いた。

「あのお兄ちゃんはね、しょうがないで終わらせたくないんだって」

そう言って笑うのは、紛れもなく、あの日岩の前で別れたままの少年で。

「三由《さんゆ》……」

久方ぶりに口にした名前は、ほとんど声にならなかった。

「僕のこと、そんなに重荷に思ってたの？」

三由《さんゆ》は黄金の顔を覗き込むようにして、尋ねる。

「僕にだって、〝しょうがない〟で終わらせたくないことも、あったんだよ」

呆気にとられている黄金の前で、三由《さんゆ》の姿は徐々に変化した。背が伸び、顔は青年期を経て翁へ。刀鍛冶として生き、天寿を全うした、天石の顔へ。

「三由《さんゆ》……お前……」

黄金は愕然と目を瞠った。

「老いるまで生きたのか……？」

天石は微笑み、服を開いて胸の痣を見せた。ちょうど心臓の真上に、見覚えのある形が浮かび上がっている。

「これは山神様がくださったあの鱗です。加えて白狐様の御慈悲で、あの日、どうにか生きながらえました」

黄金の頭の中にかかっていた最後の靄を、清涼な風が吹き飛ばす。

死んでなどいない。

死んでなどいなかったのだ。

彼はただ従順に、不慮の死を受け入れはしなかった。

「命を救われた私は、刀鍛冶として新しい人生を生き、伴侶を得て、孫の誕生を見届け、最期は家族全員に看取られて、眠るように死んだのですよ」

天石は、凪ぎのような穏やかな目で告げる。

「共に生きられなかった、両親や兄妹の分まで生きたのですよ」

見開いた黄金の双眼に映るのは、何もかもを「しょうがない」と言ってあきらめていた少年ではない。

その足で人生を歩き切った、あまりにも尊い一人の人間だった。

「この痣に触れるたびに、生きよ生きよと鼓動が言うのです。ずっとお礼を申し上げたくて、晩年は神仏に献上する刀ばかりを打っていました。どうか、山神様に届くようにと」

　年老いた彼の目が潤んで、はらはらと涙が零れた。決して楽しいだけの日々ではなかっただろう。愚痴を吐き、悪態をついて、逃げ出したくなったこともきっとあったはずだ。家族に会いたいと泣いた夜もあったはずだ。

　それでも感謝を言うのか。

　小さな鱗の欠片しか渡すことのできなかった自分に。

「山神様、私を生かしていただいて、ありがとうございました」

　天石は、静かに頭を下げる。

「……生きながらえて、幸せだったか？」

　掠れた声で、黄金は尋ねた。

　天石は、涙を拭って笑う。

「幸せだったに決まっているじゃありませんか」

　胸に詰まっていた鉛が抜け落ちて、代わりにとても温かくて柔らかなものが体中を満たしていくのを、黄金は感じとる。

　あの時迷いながら、戸惑いながら、それでも小さな鱗の欠片に込めた金龍の願い。

「そうか……幸せだったか……」

黄金は嚙み締めるようにつぶやく。

それ以上に、聞きたかった言葉などあるだろうか。

「さあ山神様、貴方様を待っている人がいます。私の生きた証を、見つけ出してくれた人が。その人のおかげで、私はこうして貴方様にお会いできたのですよ」

天石は、遥か上空を見上げて促す。大樹のその先に何があるのか、ここからは見えなかったが、なぜだか知っている気がした。

「彼の名前を、覚えていらっしゃいますか？」

天石に問われて、黄金は鼻を鳴らして答える。

「忘れるものか。わしを呼び捨てにする人の子はただ一人」

そう口にすると、黄金の脳裏にいつか見た光景が蘇った。

四つ石の社の前で、初めて言葉を交わしたこと。

なぜだか一緒に、抹茶パフェを食べに行くはめになったこと。

無理矢理肉球の朱印を押されて喧嘩《けんか》をしたこと。

電車に乗って、バスに乗って、飛行機にも乗って、全国を共に御用聞きにまわった。

金がないとぼやきながら、それでも彼は声なき声に耳を傾ける。

そんなお人好《ひとよ》しは、たった一人しか知らない。

「――良彦だ」

地面を蹴り、黄金は風に乗って空を目指す。

落ち葉たちに見送られ、金色の龍は天を駆け上がった。

二

その雄叫《おたけ》びは唐突だった。

良彦を見下ろしていた龍が、不意に身体をくねらせたかと思うと断末魔のような叫び声をあげた。同時に鱗がそそり立って震え、鐘を打ち鳴らすようなすさまじい金属音を奏でる。苦しみ悶《もだ》えるように身体を地面に打ち付けては、まさに文字通りのたうちまわった。

「え、何……」

良彦は抜身の刀を握ったまま、慌てて距離をとる。すでに地面から伝わってくる震動で、まともに立っていられない状態だ。

「貴様……。貴様、余計なことを……」

憎々しげに向けられる龍の目は、紅から徐々に淡い黄色へと変化していた。

「この期に及んで、まだ抗う気か、兄弟……！」

そう叫んだかと思うと、龍はさらに絶叫とも呼べる痛々しい声をあげ、苦しそうに目を閉じた。大きな爪が小刻みに震え、金色の鱗だけが発光し始める。それを見て良彦は無意識に息を呑んだ。間違いない。黄金が反応している。

「黄金‼」

良彦は、全力でその名を呼ぶ。

「黄金！　帰ってこい！」

龍の山脈のような尾が地面を叩いて、良彦はその衝撃で跳ね飛ばされるように転がった。荒い息で瞼を開いた龍の目は、赤から金に変わっており、そこから徐々に緑色へと変化していく。

「……殺めた人の子の数は、もはや覚えておらぬ」

食いしばった巨大な歯の隙間から、荒脛巾神《あらはばきのかみ》のものとは違った声が漏れた。

「ゆえに薄情者だと言われれば、そうなのかもしれぬ」

良彦は潤む瞳で瞬きして、唇を噛む。

その声を聞き間違えるはずなどない。

「しかし東の兄弟、わしは『大建て替え』には賛同できぬ。微睡《まどろ》みの中で忘れそうになっていたが……、今の世を否定すれば、今まで生きた人の子の、すべての人生まで否定することになってしまう。それはあまりに、龍の分を超える」

太い前脚が身体を支え、龍はぐっと力を溜《た》めるように、その身体を地面の方へ押し付ける。そして完全に萌黄色に変わった双眼を、ちらりと良彦の方へと向けて問いかけた。

「そう思わんか、良彦」

その眼差しがあまりにも温かくて、良彦は泣きそうになるのを必死で堪えた。両手の甲で無造作に顔を拭って、笑いきれない無理矢理の笑顔で叫ぶ。

「完全同意しかねぇな、黄金！」

その瞬間、龍の体が白く発光した。直視できないほどに光は強く、良彦は思わず顔をそむける。一体何事か、感動の再会ではなかったのかと、良彦が薄目で事態を確認しようとした直後、発光した龍は流星のような速さで天に昇り、ふたつに分かれて飛び去った。

「……え」

一人その場に取り残された良彦は、しばし呆然と瞬きした。

「どういうこと……？」

辺りには何もない。黒い空間の中に、自分一人だ。光も音もなく、先ほどまでの騒がしさが嘘のように、静寂が支配していた。

「黄金……？」

恐る恐る呼んでみたが、返事はない。

「え、オレ、置いて行かれた感じなの？」

待っていれば迎えに来てくれるのだろうか、などと混乱しながら考えていたが、今のところそのような気配はない。

「まじか……」

つぶやいて、とりあえず手に持ったままの刀を鞘に納めた。その際、ふと自分の手が視界に入る。光はないのに、なぜか自分の身体がはっきりと見えるのが不思議だった。

「あ……、直ってる」

透明だった指先が、きちんとした肌の色と質感を取り戻していた。

「てことは、融けずに済む、のか……？」

そうつぶやいた瞬間、ぐらりと足元が揺れたかと思うと、見えない地面が波打ち始め、立っていられないほどになった。

「なんだこれ⁉」

逃げようにも、どこへ行ったらいいのかわからない。そもそも、逃げられるようなものなのだろうか。

「そのままでは崩壊に巻き込まれるぞ！」

誰かの声がして、良彦は顔を上げた。しかし見回してみても、漆黒の空間があるだけだ。

「走れ良彦、こっちだ！」

黄金の声ではない。名を呼ばれ、良彦は刀を持ったまま、つられるようにして声の方へ走り出した。

「こっちだ、早く！」

姿の見えない声に導かれながら、良彦は懸命に走った。途中、不意にせりあがってくる地面に何度も足を取られて転び、それでも声に急かされて立ち上がる。

「てかさあ、あんた誰⁉」

やけくそで叫んでみたが、その答えは返ってこない。

「もうすぐだ、急げ！」

「どこに連れて行こうとしてんの⁉」

「崩壊に巻き込まれたら戻れなくなるぞ！」

「戻れる保証あんの⁉」

こんな時に右膝の古傷が痛んだ。それでも声に惹きつけられるように足を動かす。

どこかで聞き覚えのある声だなと考えるが、状況が状況なのでまったく答えが思い浮かばない。

「よし、ここから飛ぶんだ」

「は⁉」

「思い切り地面を蹴ればいい」

「本気で言ってる⁉」

走りながら、良彦は叫び返す。周囲の景色は先ほどから何も変わっていないが、飛べば何か変わるとでもいうのか。

「信じろ、良彦」

なぜだかその声を聴いたら、どうにかなりそうな気がしてくるのが不思議だった。

いち、に、さん、と心の中で数えて、左足で思い切り地面を蹴った。ゴムのような反動があって、体が思ったより高く遠くへと投げ出される。バランスを崩しそうになって思わず目を瞑ると同時に、誰かが良彦の右手首を掴んだ。ちょうど、久久紀若室葛根神《くくきわかむろつなねのかみ》に巻かれたお守りの上を。

その瞬間、頭の中に流れ込んできた懐かしい笑顔。

「――じいちゃん⁉」

それは紛れもなく、亡き祖父で。

「良彦」

混乱する孫に、祖父は呼びかける。

「ずっと繋がってるから、大丈夫だ」

神も人も。

過去も未来も。

故人の想いさえ――。

一瞬の邂逅を経て、良彦の体は逆さまのまま落下する。目を開くと、先ほどまではただ黒いだけの空間だったのだが、いつの間にか小さな銀色の光が辺り一面にあった。不安定な体を何とかしようともがいた良彦は、その眩しさにふと目を向けて息を呑む。

自分の真下に浮かぶ、美しい青の星。

「嘘だろ……」

海の上に浮かぶ小さな島国に、良彦は吸い込まれるように落下していく。

⛩

「まさか、あのような人の子が現れるとは」

青い星を見下ろして、国之常立神《くにのとこたちのかみ》は小さくつぶやく。先ほどのあの星に落ちた二つの流星は、紛れもなく自分の眷属だ。そして今、その後を追って良彦が大地へと帰っていく。

「……人の子が、名前に付ける彦という字には、『日子』という意味があるのです」

日を司《つかさど》る天照太御神《あまてらすおおみかみ》が、隣に立ってどこか得意げに口にした。

「いわば良彦は、『優れた日子』でございますれば。当然のことかと？」

わざとらしいほどにすました顔で彼女が言うのを聞いて、国之常立神《くにのとこたちのかみ》は一瞬呆気にとられた後、雅《みやび》な音色が駆け上がるような笑い声をあげた。それはこの空間へ、歓喜の色で響く。

「どうだ天照太御神《あまてらすおおみかみ》、まだまだ日の本に優れた日子は多いか」

二柱の周りには、遥か遠方まで漆黒の中にちりばめられた銀砂が広がっている。この果ては、神々さえも知らない。根源神に繫がるのだと言う者もいれば、この場所そのものが根源神だと言う者もいる。内であり外、外であり内の場所だ。

「子らの祈りは、細くはなれど絶えてはおりませぬ。此度も、大地の異変を察知した多くの人の子が、神へ手を合わせました」

そう言って、天照太御神《あまてらすおおみかみ》もその国を見下ろす。国之常立神《くにのとこたちのかみ》の本来の姿である、龍の形をした小さな島国を。

「そうか」

龍体の上で淡く光るのは、社を介する人の子の祈りの光だ。大小さまざまな光が全国に点在し、龍の心臓を示すあたりは一層光が強い。天照太御神《あまてらすおおみかみ》の鎮まる、伊勢《いせ》の地だ。そして東京の真ん中にも、強く輝く場所がある。今なおその血統が受け継ぐ祈り。

「ならばもう少し、見守ることとしよう」

滅びと再生の神は、自らの身体に住まう子らを、愛おしそうに想って笑う。

「ひとつではわからぬことを、我らもきっと根源神から教えられている」

⛩

良彦が次に目を開いた時にはもう、石畳が目前に迫っていた。咄嗟に頭を庇って衝撃を覚悟したが、その直前にトランポリンの上に落ちたような高反発の感触があった。身体はそのまま二、三度跳ねて、見えない空気の層の上で落下の衝撃はすべて吸収される。しかしその直後、良彦がほっとした瞬間に身体を支えていた空気の層が消え、五十センチほどの高さから地面に叩きつけられた。

「いってえええええ！」

強《した》か顎を打って、良彦はその場でのたうちまわる。なんというぬか喜びをさせるのだ。助けるならもう少しちゃんと助けてもらえないのだろうか。

「すまんすまん、ちょいと手元が狂った」

さらりと声をかけたのは、結界を越える時に手伝ってくれた鹽土老翁神《しおつちおぢのかみ》だった。

「顎割れてない⁉」

「割れとらん。くっついとる。大丈夫じゃ」

「他人事だと思って――」

出血していないかを確かめ、ようやく起き上がった良彦は、鹽土老翁神《しおつちおぢのかみ》の向こうに見える景色に絶句する。

「こっちも大丈夫だよ。見た目はひどいけどね」

そう言う大国主神《おおくにぬしのかみ》は、腹から血を流した田村麻呂を支えるようにして座っていた。その傷口を、穂乃香と聡哲がハンカチや切り裂いた袖で押さえている。石畳には、小さな血だまりができており、その中にあの阿弖流為《あてるい》の刀が落ちていた。

「傀儡にやられたのか？」

良彦は慌てて駆け寄る。

「心配するな、見た目より傷は浅い」

幸い田村麻呂の意識はあり、顔色もそれほど悪くはないように見えた。

「血はほとんど止まりました」

聡哲が説明する。こちらは別れたときより随分顔色が良くなっていた。

「あろうことか、傀儡に刀を握らせたんだって」

大国主神《おおくにぬしのかみ》が、呆れ顔で告げる。

「そしたら刺されたって、征夷大将軍のわりにちょっと油断が過ぎない？」

「せめて形見をと思ったのだが……」

「いや、時と場合を考えてよね。唐門をくぐってすぐ見つけたのが血だまりって、あんまり楽しいものじゃないんだから」

大国主神《おおくにぬしのかみ》が駆けつけた時にはもう田村麻呂は刺された状態で、ちょうど良彦を送り出した後の鹽土老翁神《しおつちおぢのかみ》が、様子を見に来たところだったという。

田村麻呂は、良彦に目を向けて苦笑する。

「傀儡は、見事に急所を外して刺してくれたぞ」

「え……」

「さすがは、母様よ……」

田村麻呂は、血だまりの近くに目を向ける。よく見ると、阿弖流為《あてるい》の刀の傍に黒い玻璃の欠片のようなものが落ちていた。

「傀儡は？」

先ほどからその姿が見当たらなくて、良彦は尋ねる。

「私を刺した後に、煙のように消えた。本体に何かあったのかと思ったのだが……」

「ああ……何つーか、オレに何かあったというか……」

良彦はもどかしく言葉を探す。黄金に呑まれた後の状況を、どう説明すればいいだろうか。

「私たちが到着したのは、田村麻呂様が刺された直後で、それからしばらくして、良彦さんたちが降ってきたんです」

少し喋《しゃべ》るのが辛そうな田村麻呂に代わって、穂乃香が説明した。

「良彦さん、たち、って……？」

自分だけではなかったのかと、良彦は首を傾げる。そもそもよく考えてみれば、なぜここに落ちてきたのかもよくわからない。金龍に呑まれたと思ったのだが、一体自分はどこに行っていたのか。なんだか神様のような視点で地球を見ていたような気もする。

「そうだ、黄金と荒脛巾神《あらはばきのかみ》は――」

はっとそのことを思い出した良彦は、目の前を横切っていった金色の尻尾に言葉を切った。

「うむ、田村麻呂は人格神であるとはいえ、神であることに変わりはない。この程度の傷ならばすぐに治るであろう」

田村麻呂の前に座り、脚に尻尾を巻き付け、どこか偉そうに鼻を鳴らして語るのは。

「黄金……？」

つぶやくようにその名前を口にすると、ピクリと狐神の耳が動く。

「黄金様……」

穂乃香が、涙を堪えて瞬きする。

「黄金、なんだよな……？」

良彦が確認するように呼ぶと、今度こそ萌黄色の瞳が振り返る。

「他に誰がおるというのだ」

それは見間違えようもない、よく知る狐神で。

良彦は目線を合わせてしゃがみ込み、そのモフモフした頭を両手で包んだ。耳の間を撫で、首を摩り、顎を掻いて、感触を確かめる。途中まで耐えていた黄金が、ついに我慢できなくなって良彦の顔面を前足で突っぱねた。

「許可もなく撫でるなど、何度も申しておろう！」

「痛ぇ！　爪！　爪が食い込んでる！」

顔面に爪痕をつけられて、良彦はふっと息を吐くように微笑んだ。ああ、これこそ、自分の知っている狐神だ。

「……じゃあ、黄金がこうして戻ってきたっていうことは……」

良彦は立ち上がり、自分の後方を振り返る。拝殿の前に、蝦夷の装束を纏った女性が、ぐったりと座り込んでいた。その両腕にはびっしりと黒い鱗が生え、息は荒く、赤い両目にほとんど生気はない。

「もともとわしの力を吸って動いていたからな。今は神々に対抗する力も残っておらぬだろう。あの姿を保っているので精いっぱいだ」

黄金が冷静に説明する。

「……私を滅せ。二度と、復活できぬよう」

肩で息をしながら、荒脛巾神《あらはばきのかみ》が口にした。それを聞いて黄金が耳を反らす。金龍を呑み、『大建て替え』を企《たくら》んだとしても、荒脛巾神《あらはばきのかみ》は紛れもなく、黄金の兄弟なのだ。

「滅せねば私はいつかまた、『大建て替え』を企むぞ……」

戸惑う黄金に、荒脛巾神《あらはばきのかみ》は強張る顔で少しだけ笑ったようだった。

「今はお主にも、私の記憶が見えるだろう。あの東北の大地で、子らと生きたあの日々が。それを、お主が覚えているなら、もうそれでよい……」

黄金は何も言わなかった。ただ口を引き結んで、真っ直ぐに自分の片割れを見つめている。良彦は、黒い空間で見た光の塊を思い出した。あのひとつひとつの記憶が、今は黒龍と金龍の共通の記憶になっているのだろうか。

「子らがおらぬ世に、もはや未練などない。そもそも私が、母になりたいなどと思ったことが、間違いだったのだ……」

咳《せ》き込《こ》んだ荒脛巾神《あらはばきのかみ》が、ついに地面に倒れ伏せた。良彦は思わず駆け寄って、その体を起こしてやる。細い体は骨ばっていて、驚くほど軽かった。そしてこんな状態になってなお、荒脛巾神《あらはばきのかみ》が蝦夷の女性の姿を取り続けることに、胸が詰まる。

「金龍は……いつも正しい……。同じ龍であったのに、なぜこうも、違ってしまったのだろうな……」

「荒脛巾神《あらはばきのかみ》、しっかりしろ」

良彦の声に、荒脛巾神《あらはばきのかみ》は、もういいと言わんばかりに首を振った。もはや存在を維持する気力が、消《き》え失《う》せてしまいそうだった。

「あ、あの！」

何か言おうとした黄金より早く、それまで黙って成り行きを見守っていた穂乃香が口を開いた。

「荒脛巾神《あらはばきのかみ》様に、見て欲しいものがあるんです。それを見てから決めても、遅くないと思います」

一体何のことかと、良彦が目を合わせると、穂乃香は任せて欲しいという様子で頷いた。

「貴女の子どもたちのところに、ご案内します」

穂乃香の隣で、聡哲がどこか泣きそうな顔で田村麻呂を見つめていた。

⛩

「良彦さんたちが荒脛巾神《あらはばきのかみ》様の元に向かった後、私たちはある人に出会ったんです。そのことがきっかけで、聡哲さんが何もかも思い出しました」

鹽土老翁神《しおつちおぢのかみ》に後を任せて、穂乃香と聡哲の案内によって良彦たちが連れて来られたのは、本殿裏に荒脛巾神《あらはばきのかみ》の依り代となる巨石がある、あの社だった。田村麻呂の肩を聡哲が支えて歩き、良彦は荒脛巾神《あらはばきのかみ》を支えて少しずつ歩いた。

「……どこぞの鳥が、種を落としたか……」

巨岩の上で枝葉を伸ばす木に目を向けて、荒脛巾神《あらはばきのかみ》が小さくつぶやいた。かつてここで、山から帰ってこない我が子を案じて祈った夜を、思い出しているのかもしれなかった。

「私がここを訪れた時も、あの木はなかったように思います」

聡哲がそう告げるのを聞いて、田村麻呂が驚いたように彼を振り向いた。

「お前もここへ来たことがあったのか？」

「はい。実はずっと、このことを忘れていたのです。そして……」

聡哲は、良彦が持つ黒漆鞘の刀に目を向ける。

「どうして私が、その刀を持っていたかもわかりました」

先ほどここに寄ったときは、ただ気分が悪そうにしていたが、今の聡哲はどこか晴れやかな顔をしていた。

「私は、処刑された阿弖流為《あてるい》と母礼《もれ》の遺体を、密かに掘り返していたのです」

突然の告白に、良彦は眉を顰める。

「掘り返した……?」

「はい。実家から埋葬地が近かったのをいいことに、深夜、わずかな供とともに、首も身体も、両方を。そのときに刀を手に入れました」

良彦以上に、田村麻呂が愕然と聡哲を見ていた。

「なぜそんなことを……。それほど、この刀が――」

「いいえ、刀のためではないんです」

田村麻呂の言葉を遮り、聡哲は泣きそうな顔で告げる。

「貴方様を、お慰めしたかったのです」

和睦を申し入れた阿弖流為《あてるい》たちを救えなかったこと。

その命を預かっていたはずだったのに、自分の力の及ばぬところで、それを無残に散らされたこと。

信頼を寄せてくれた友を、裏切る形になってしまったこと。

彼らの処刑を目の当たりにし、一時正気を失うほど取り乱した田村麻呂のことを、聡哲は一番近くで見ていた。どうにかして、田村麻呂の心を慰めたかったのだ。

「当時私は出羽守でした。大きな荷を抱えて東北へ戻ったとしても、不審に思う者はおりません。たとえその道すがらここへ寄ったとしても、誤魔化す術などいくらでもありました」

この巨石の斎場は、近くに住む蝦夷たちにとっての聖地だ。尋ねればいくらでも情報は手に入ったはずだ。聡哲が辿り着いていたとしても何らおかしくはない。

「お前まさか……」

田村麻呂が呆然と口にする。阿弖流為《あてるい》たちの村へと引き渡してしまったら、さらなる火種になりかねなかった。ならばどこか、二人が落ち着ける場所へ連れて行くのがいいと聡哲は考えたのだろう。

聡哲は意を決するように頷くと、こちらへ、と皆を巨石のさらに奥へと誘《いざな》った。草木の生い茂る斜面を、わずかな窪《くぼ》みに足をかけて上り、お互いに手を引きながら上へ上へと足を進めた。その途中で、黄金がふと足を止める。

「……これは」

鼻先をあげて、空気に混じる何かを嗅ぎ取るような仕草をする。

「人避《ひとよ》けの術が凝らしてあるな。人の子がここへ来ると、妙に落ち着かなくなるような些細なものだが」

その言葉に、大国主神《おおくにぬしのかみ》も顔を上げた。

「ああ、本当だ。精霊も加担しているね。聡哲の仕業かい？」

「いいえ、私ではなくて……」

後ろを振り返って、聡哲は苦笑する。

「守ってくれている人がいたんです」

そう言って、彼が示した先。

木々に囲まれて、そこだけぽっかりと空間が開けている場所がある。その一面をびっしりと覆いつくして咲いているのは、小さな薄青の花だった。

「あ……ああ……なんてこと……！」

良彦の腕を離し、荒脛巾神《あらはばきのかみ》がおぼつかない足取りでそこへ走っていく。

それは紛れもなく、蝦夷が荒脛巾神《あらはばきのかみ》の花と呼んだものだった。夏のこの時期には咲かないはずの花が、この場所だけ時が止まったように群生している。良彦は、この世のものとは思えない景色に息を呑んだ。田村麻呂と阿弖流為《あてるい》が守りたかった景色とは、なんと美しいのだろうか。

「あんなに探しても、ついぞ見つからなかった花が……」

座り込んだ荒脛巾神《あらはばきのかみ》が、そっと薄い花弁に触れる。木々の隙間から差し込む光を受けて、花は荒脛巾神《あらはばきのかみ》の帰りを喜ぶように輝いた。

「当時私がここへ来た時には、この花は咲いていなかったのですが……」

聡哲は、花の中に埋もれるようにしてある、小さなふたつの墓石を示す。

「あの下に、お二人は眠っています」

それを聞いた荒脛巾神《あらはばきのかみ》が、愕然と目を見開き、言葉にならない声をあげながら、その墓石を掻《か》き抱《いだ》いた。

「……故郷に、戻っていたのか……」

声を詰まらせた田村麻呂が、力が抜けるようにしてその場に膝を突く。

「聡哲……よくぞ……二人を……」

力任せに聡哲を引き寄せて、田村麻呂は声を殺しながら泣いた。

「ずっと……ずっと言えずにいて、申し訳ありません……。拒まれたとしても、私がもっと強引にお知らせしておけばよかった……！」

聡哲も涙ぐみながら口にする。

「ここに花が咲くのは不思議なことではない。この花は荒脛巾神《あらはばきのかみ》の花であり、蝦夷の魂であるからな。……しかし、千年以上の時を経て、ここだけが荒らされず残っているというのは稀有《けう》な話だ」

荒脛巾神《あらはばきのかみ》と記憶を共有する黄金が、そう言って視線を一角へ向ける。

「守っていたのは、そなたか」

黄金の視線を追っていくと、花々の向こうに立つ女性の姿が目に映った。身に纏う装束は見覚えがある。荒脛巾神《あらはばきのかみ》が身に着けているものとまったく同じだ。装束だけではない。その背格好も、髪型も顔立ちも、すべてが瓜二《うりふた》つだった。

「……音羽《おとわ》！」

白い貝殻の腕輪を右手に付けた彼女の名を、荒脛巾神《あらはばきのかみ》が叫ぶように口にした。

「お前ずっと……ずっとこの山を守っていたのか……」

音羽《おとわ》は柔らかな表情で答える。

「お前の魂がここに住まうことを許そう、と言ったのは、貴女様ではありませんか」

それを聞き、荒脛巾神《あらはばきのかみ》が嗚咽を堪えて涙をこぼした。

「すまない……、そなたから息子を預かりながら、私は、私は……！」

神の懺悔《ざんげ》を、音羽《おとわ》は何も言わずに聞いていた。そしておもむろに、自分と同じ姿を取る荒脛巾神《あらはばきのかみ》へ両手を差し出す。

「荒脛巾神様《あらはばきのかみ》……」

傷だらけになった頬に、音羽《おとわ》はそっと触れる。

「息子を育てていただいて、ありがとうございました」

それは屈託のない、母の笑顔で。

「貴女に愛していただいて、子らは幸せでしたよ」

音羽《おとわ》の手を摑んで、荒脛巾神《あらはばきのかみ》がその場に泣き崩れた。その様子を、黄金が真っ直ぐに見届ける。良彦の隣では、穂乃香が堪えきれずに鼻を真っ赤にしながら泣いていた。

「……過去のことを、変えることはできないけどさ」

良彦は、涙を誤魔化して瞬きする。

「過去と今と未来は、繫がってるから。だからオレは、過去のことを受け継いで、未来に繫いでいくのが大事なんじゃないかって思う」

一瞬だけ相まみえた祖父の笑顔と、久久紀若室葛根神《くくきわかむろつなねのかみ》のことが脳裏をよぎった。

「だから教えてよ、オレにも。阿弖流為《あてるい》のこと。荒脛巾神《あらはばきのかみ》が愛した、蝦夷のこと。オレは死ぬまでそれを忘れずに、伝えていくから」

荒脛巾神《あらはばきのかみ》が、濡れた瞳でこちらを振り返る。

「それに、サンユたちのこともな」

黄金に目を向けると、狐神は何も言わずに尻尾を揺らした。

「荒脛巾神《あらはばきのかみ》、……いや、阿弖流為《あてるい》の母様」

座り込んでいた田村麻呂が、聡哲と大国主神《おおくにぬしのかみ》の手を借りてどうにか立ち上がる。

「処刑の間際に、阿弖流為《あてるい》が私に何かを告げたのだが、それが何だったのかがずっとわからなかった。しかし今になって、ようやくわかった気がする」

涙で濡れた頬で、田村麻呂は口にする。

「『母様を頼む』……。あいつは、そう言ったのだと思う」

それはきっと、いろいろな意味を含んでいたのだろう。

育ての母、蝦夷の神、東北の地。

そしてこの薄青の花をも指していたのかもしれない。

自分を形作ったすべてのものを。

自分が愛したすべてのものを。

友に預けて彼は散ったのだ。

「生きているときはそれに応えることはできなかったが……、今からでも間に合うだろうか」

田村麻呂の問いに、音羽《おとわ》が優しく微笑んで荒脛巾神《あらはばきのかみ》を見た。母は貴女なのですよと、無言で伝えるように。

「……そうか、お前とは……、阿弖流為《あてるい》の話ができるのか……」

震える声で、荒脛巾神《あらはばきのかみ》がつぶやくように口にした。

「阿弖流為《あてるい》のことだけではない。母礼《もれ》のことも……。蝦夷のことを、飽くまで語ろう」

田村麻呂がそう言うのを聞いて、肩を震わせた荒脛巾神《あらはばきのかみ》が再び泣き伏した。

「──東の兄弟よ」

やがて黄金が、片割れを呼ぶ。

「お主を滅するかどうかは、わしの決めることではない。国之常立神《くにのとこたちのかみ》がお決めになるまで、お主はお主の、わしはわしの役目を全うするだけだ」

淡々と告げて、黄金は少し言葉を探すように首を傾げた。

「それからこれは、わしの勝手な見解だが……。確かに我らの役目は西と東の守護であったが、思い返せば、主が『人の子を愛してはならない』という命を下したことはなかった。我らは少し、考えすぎていたのかもしれぬ。もしも人の子を愛することを禁じられていたとしたら、我らはすでに役目など取り上げられて天に戻されているだろう。金龍はいつも正しいとお前は言うが、それは間違っているぞ。三由《さんゆ》に渡した鱗が、結果的に彼の命を長らえさせてしまった。それは、神としては許されぬことなのだからな」

良彦は思わず黄金に目を向ける。そんなところまでは思いつきもしなかったが、彼も彼なりに考えていたのだろうか。

「もしかすると我らには、我らの与《あずか》り知《し》らぬもうひとつの役目が——、いや、役目と呼ぶべきかはわからぬが、課せられたものがあったのかもしれぬ」

「課せられたもの……？」

荒脛巾神《あらはばきのかみ》が、驚いたように兄弟を見つめる。

「滅びと再生を見届け、それ以外には一切関わり合いにならぬはずの国之常立神《くにのとこたちのかみ》が、御用人という役目を作り出したように、我らの浅はかな思慮だけでは、及ばぬことがあるのかもしれぬ、ということだ」

黄金は墓石に目をやり、続いて荒脛巾神《あらはばきのかみ》の傍らに立つ音羽《おとわ》に視線を向け、わずかに目を細めた。

「子らの歴史は、これからも責任を持ってお主が抱えてゆけ。それが母なる神の役目であろう、東の兄弟」

黄金に言われて、荒脛巾神《あらはばきのかみ》は不安そうに自分の両手を見た。鱗の生えたそれは、間違いなく彼女の力が弱っていることを示している。

「……私に、それができるのであろうか」

「――できます！」

間髪を入れずに叫んだのは、聡哲だった。

「できますよ！　なぜなら貴女は、もう独りではないからです！」

それを聞いた田村麻呂が、ふっと息を吐いて、そうだなと頷いた。

その場にいる者たち一人一人に目を留め、荒脛巾神《あらはばきのかみ》はようやくその口元に笑みを乗せる。

「そうか……そうだな……。独りではない、か……」

愛した息子たちの墓石の前で、薄青の花が揺れていた。

良彦は涙がこぼれないように空を見上げる。

夕暮れの近い夏空は、どこまでも淡く優しかった。

三

無事に京都へ帰ってきて、大天宮で報告を済ませた良彦が、そのままなし崩し的に始まった神々の宴《うたげ》から解放されたのは、すっかり東の空が白み始めた頃だった。まだ酔いつぶれて寝ている神もいれば、持ち場へと帰っていく神もいる。建御雷之男神《たけみかづちのおのかみ》に呑み比べを挑んであっさり負けた大国主神《おおくにぬしのかみ》は、須勢理毘売《すせりびめ》がなんとかするだろう。この夫婦にはまた後日改めてお礼をと思うが、おそらく今夜あたり普通に部屋を訪ねてきそうなので、畏まる必要もないのかもしれない。

「穂乃香ちゃん、朝帰りとか大丈夫？」

さすがに眠い目をこすりながら、良彦は隣を歩く穂乃香に問いかける。

「うん。昨夜のうちに、お友達の家に泊まるって言っておいたから」

「そっか」

早朝の路地に、人の姿はない。代わりに新聞配達のバイクが、忙しなく走り去っていくのを見かけた。良彦の反対隣では、何事もなかったように黄金が歩いている。金色の尻尾が揺れている景色を、なんだか久しぶりに見た気がした。

大天宮を出る際、良彦は久久紀若室葛根神《くくきわかむろつなねのかみ》に声をかけた。お守りの礼とともに、金龍に呑まれた後の不思議な空間で祖父に会ったと告げると、彼は初めて良彦の前で懐かしそうに笑ってくれた。

「今度さ、ゆっくりじいちゃんの話聞かせてよ」

良彦の言葉に、久久紀若室葛根神《くくきわかむろつなねのかみ》はどこか得意げに頷く。

「いいだろう。敏益が晩年、夢中になっていた趣味を教えてやる」

「え、なにそれ！　オレが知らないやつ⁉」

もう亡い人の話をできる相手がいることの、なんと有難《ありがた》いことか。

瀕死の荒脛巾神《あらはばきのかみ》は、あの山で音羽《おとわ》と一緒に静養するという。田村麻呂や聡哲が足しげく通って、昔話をすることを約束した。馴染みのない社で客人神《まろうどがみ》として密やかに祀られるより、きっとその方がいいだろう。良彦と穂乃香も、時間を見つけてまた訪ねるつもりだった。荒脛巾神《あらはばきのかみ》について厳しい見方をしていた建御雷之男神《たけみかづちのおのかみ》らも、良彦伝てに詳《つまび》らかになった事実を知り、加えて荒脛巾神《あらはばきのかみ》が頭を下げたことですべてを水に流した。彼らとて、情がないわけでも、奪われる痛みを知らないわけでもないのだ。鹽竈の社には、また以前と同じように建御雷之男神《たけみかづちのおのかみ》と経津主神《ふつぬしのかみ》、そして鹽土老翁神《しおつちおぢのかみ》が鎮まることになる。かつてその神様たちをそこに祀った、人間たちが望んだとおりに。

「あ、あのね、良彦さん……」

穂乃香の自宅まであと少しというところで、穂乃香が意を決したように切り出した。

「私、辛かったこともたくさんあったけど、今は天眼に生まれてよかったと思ってるの……。今回は無理矢理ついて行って、あんまり役には立てなかったけど……」

「いや、そんなことねぇよ。サンユの刀を見つけてくれたのは穂乃香ちゃんだし、聡哲のことだって、傍についててくれて助かった」

良彦は、素直に本心を口にする。彼女には、本当にいつも助けられている。年下だということを、忘れそうになるほど。

「もし……迷惑じゃなければ……、あの……これからも……」

穂乃香が視線を揺らしながら、もどかしく言葉を探す。会話があまり得意でないところは変わっていないが、それはそれで彼女の個性だと思う。

「私、これからもずっと……良彦さんを……お手伝い、したい……」

顔をあげて、真っ直ぐにこちらを見る穂乃香は、なぜか泣きそうな顔をしていた。

「ありがとう。そんなの、こっちからお願いしたいくらいだよ」

良彦は笑って礼を言う。これから先も、彼女の手を借りることはきっとあるだろう。泣沢女神《なきさわめのかみ》や須勢理毘売《すせりびめ》と仲がいいことも心強い。

「あ……ええと……あのね、良彦さん……」

「あ、もちろん、大学の授業とかの邪魔にならない範囲でね。レポート出しても、出席率が低いと単位くれなかったりするしさー」

「そ、そうだね……」

御用の協力を依頼しておいて、穂乃香の進級に差し支えがあっては、申し訳が立たない。そのあたりはきちんと踏まえておかなくては。

「それじゃあ。こんな時間まで付き合わせてごめんな」

別れ際、良彦はいつもと同じような台詞を口にする。

「……送ってくれて、ありがとう」

何か言いたげにしていた穂乃香も、取り繕うように微笑んで礼を言う。

「またね」

「うん、またね」

何気なくそう言い合える日常に、心の底から感謝したかった。

「良彦お前、御用のときは妙なひらめきを見せるくせに、日常になるとどうしてそう愚鈍なのだ」

穂乃香と別れて歩き出した矢先、前触れもなく黄金に罵られ、良彦は半ば呆気にとられて目を向ける。

「愚鈍？　愚鈍っつったか⁉」

「耳が悪いのか？」

「そうじゃねぇよ！」

言い返して、良彦は息を吐いて笑う。こうやってくだらない言い争いをするのも、随分久しぶりのような気がした。

「……あの刀を持って黒龍を訪ねた時、勝算はどのくらいあったのだ？」

黄金が、ふと思い出したように尋ねた。

「五割……いや、それより少なかったかもな」

「そのような確率で、よくも来たものだ。愚鈍なお前でも、死ねば悲しむ者がいることを忘れるでないぞ」

「わかってるよ。大国主神《おおくにぬしのかみ》にも同じようなこと言われたし」

良彦は明るくなる空を仰ぐ。また今日も、京の町は蒸し暑い一日になるのだろうか。

「……あの人たちが死んだときも、悲しかった？」

良彦はつぶやくように尋ねる。金龍であるがゆえに、下さなければいけなかった決断は、ある意味黒龍の味わった悲しみと同じか、それ以上に辛いものだったはずだ。

「……さてな。もう昔のことだ」

黄金はさらりと答えを躱して、良彦を見上げる。

「三由《さんゆ》が生きていたと、よく気付いたな」

「ああ、あれは白い狐が教えてくれたんだよ。……教えてくれたっていうか、吐かせたっていうか……。刀にあった六角形の印が決め手になったのと、聡哲が天石の生い立ちに詳しかったから、それで照らし合わせて……」

白狐と聡哲、この二柱に助けられたようなものだ。そして、聡哲があの刀を持っていることを、突き止めた穂乃香にも。決して自分一人で辿り着いた答えではない。

「黄金こそ、サンユが生きてたことには気付かなかったの？」

「一応気配は追ったのだが、その時には見つけられなかったのだ。おそらくすでに、鱗を触媒にして白《はく》の力が注がれていたのだろう。わしも冷静ではなかったゆえに、それを『三由《さんゆ》』ではないと判断したのかもしれぬ」

「あの白狐、ハクっていうんだ？　マジで知り合いだったんだな」

「知り合いというか、まぁ……」

黄金が珍しく言葉を濁したところで、不意に近くの家の屋根へ視線を向ける。つられてそちらを仰いだ良彦は、そこに白い影を見つけた。

「いやー金龍はん、ひっさしぶりやのぉ」

大きな尾頭付きの鯛《たい》を咥えた白狐が、それを慎重に足元に置き、けらけらと笑いながらこちらを見下ろす。

「お前は相変わらず食い散らかしているのか。それをどこから持ってきた？」

黄金が呆れた目を向ける。その反応を見るに、どうやら白は昔からあまり変わっていないようだ。

「なんじゃ、お前さんまだ狐の格好しとんか。そんなにわしに憧れとったん？」

「ち、違う！　狐の姿を取ったのは、単に龍の姿より京の町に馴染むからであって、決してそういう意味では——」

「言い訳せんでもええって。ま、お互い美味《うま》いもん食って暮らしましょ。ほな！」

そう言うと、白は再び鯛を咥え、風のようにどこかへ走り去る。

「……あの鯛、どっかの献饌《けんせん》じゃねぇのかな……」

サンユの命を救ってしまった罰として、元々の上司であった宇迦之御魂神《うかのみたまのかみ》の父である、須佐之男命《すさのおのみこと》の麾下となったという白狐。その割に自由に暮らしていそうなのだが、そのうちボスから締め上げられるのだろう。ただ、それでも堪《こた》えそうにないのが、あの狐なのだが。

「いいか良彦、あのような風来坊の言うことなど信用してはならんぞ！　わしが狐の姿を選んだのは……」

「はいはい、かわいいかわいい」

「真面目に聞け！　確かにあやつは人の子の集落に出かけて行って、その中で好き勝手やっていたことはあるが、別にそれを羨ましく思ったことなど！」

「はいはい、モフモフモフモフ」

「尻尾を触るな！　いいかよく聞くのだぞ！」

「あ、そうだ、ちょっとコンビニ寄っていい？」

「お前わしの話を……！」

なんだか憤怒している狐神に目を向けて、良彦は口にする。

「みかんまるごとぷるぷるひんやりゼリー、買って帰らねぇと。さすがにもう晴南《はるな》が食ってるだろうからなぁ」

それを聞いた黄金が、見事にすまし顔で口をつぐんだ。

「……ぜりーだけでなくともよいのだぞ」

なんというわかりやすい狐神だろうか。良彦からすれば、白い方の狐と何が違うのだろうかと疑問に思うほどだ。

「……なぁ、オレ思うんだけどさ、国之常立神《くにのとこたちのかみ》が龍をふたつに分けたのって、成長させるためじゃなかったのかな」

不意にそんなことを言い出した良彦に、黄金が怪訝な目を向ける。

「なんだ急に」

「いや、オレもちょっと考えてみたんだよ。ひとつの龍から分かれたのに、黒龍と金龍の性格があまりに違うしさ。ほら、一人じゃわかんないことってあるじゃん？　オレも前に妹に言われて、気付いたこともあったし」

もしかしたら、結局鏡のようなものなのかもしれない。家族も、友人も、今日初めてすれ違う他人ですら。

しばし考え込んでいた黄金が、首を傾げて問いかける。

「……忠実な麾下であった正統眷属に、これ以上何を学ばせたかったというのだ？」

国之常立神《くにのとこたちのかみ》が眷属の堅物な龍に学ばせたかったこと。

ひとつの龍をふたつに分けてまで、教えたかったこと。

たとえばそれは――。

「いや、わかんないけど」

「わからんのか」

「わかるわけないでしょ、オレに」

「お前はっ……！　紛らわしいことを言いおって！」

「痛ってぇ！　蹴るなよ！　そうだ、ゼリーで思い出したけど、ラスクも買って帰らねぇと……。白に食べさせたまんまだ。大丸《だいまる》が開くの何時だっけ……」

「らすく？　らすくとはあのさくさくしたやつか？　なぜ白が食べているのだ⁉」

東から朝陽が昇って、今日も街と人を目覚めさせる。

もしもこの景色を、自分一人で見ていたとしたら、こんな気持ちにはならなかったかもしれない。

「なんか腹減ってきたなぁ。朝飯も買って帰るか……」

「良彦、まだ話は終わっておらぬぞ！」

きっと当たり前なことなどない。

人との出会いも、日々の生活も、日常の些細なひとコマさえ。

こんなにも愛おしいと、今なら笑って言える気がした。

　三時間ほどの仮眠をとった後、バイトに出かけた良彦は、その帰りに大主神社へ立ち寄った。さすがにもう宴会は解散していると思いたい。大天宮へ向かう黄金と別れて、良彦は先に社務所の方へ向かう。すると日当たりを気にしたのか、宮司《ぐうじ》が挿し木にした杉の木のプランターが表に出されていた。以前見た時よりも、少し大きくなった気がする。水やりをされたばかりなのか、葉についたままの水滴がささやかな涼を感じさせた。

「良彦」

　杉に見入っていた良彦を、大天宮の方から戻ってきた孝太郎《こうたろう》が呼んだ。

「なんか用事？」

「ああうんちょっと……てか、なにそれ？」

　孝太郎が手に持っているものに目を留めて、良彦は尋ねる。

「これ？　さっき大天宮の前で拾った。誰かが落としていったんだろうな」

　孝太郎が見せたのは、透明の包み紙がついたままの一枚のハッピーターンだった。

「それで、何の用？　あ、そういえばお前、就職の件どうなった？」

　社務所に向かおうとしていた孝太郎が、ふと思い出した様子で振り返った。

「ああ、あれな……。今日、断ってきた……。三浦《みうら》さんはかなり残念がってくれたし、悪いことしたなとは思うんだけど……」

良彦は、何となく目を逸らしながら口にする。なぜ急に、ピンポイントでその話を振ってくるのだろう。まさにその話をしに来たところだというのに。

「なんで断ったの？」

まあまあ条件は良かったのに、と、孝太郎が首を傾げる。

「いや……なんつーか……他になりたいもんができたっつーか……」

良彦は言葉を探す。ここ数日で、急激に覚悟が定まったと言っても過言ではない。いつか御用人でなくなったとしても、悔いの残らない人生を送るにはどうしたらいいかずっと考えていた。

声なき声が聞こえなくなっても。

たとえその姿を見ることができなくなっても。

確かにそこにいるという事実を、忘れないでいることができるなら。

そのことを後世へ伝えていくことができるなら。

「あのさ……」

良彦は顔を上げる。

一片の曇りもない、晴れやかな想いが胸にあった。

「神職になるには、どうしたらいい？」

終　語り部

神である私にとって、人の子とは、雲間から降りしきる雨粒か、季節に散りゆく木々の葉か、それとも過ぎ行くそよ風のようである。衰える肉体を持つ彼らは、瞬きの間に生まれ、死んでいく。

そんな人の子に肩入れした私を、根源神は愚かだと言うだろうか。

それとも、それでいいと、笑うだろうか。

山裾に見えていたか細い新芽が、もう随分太い幹となった。

戯れに記した私の語りごとも、ここまでとしよう。

いつか私の鱗が色あせる頃まで
この物語が受け継がれ、明日《あす》の人の子へ手渡されるなら
それもまた、儚き世の一興である。

参考文献

『蝦夷の古代史』　工藤雅樹（吉川弘文館）
『蝦夷と東北戦争』　鈴木拓也（吉川弘文館）
『坂上田村麻呂』　亀田隆之（人物往来社）
『坂上田村麻呂』　高橋崇（吉川弘文館）
『田村麻呂と阿弖流為　古代国家と東北』　新野直吉（吉川弘文館）
『図説平城京事典』　国立文化財機構　奈良文化財研究所編（柊風舎）
『続日本紀（中）／全現代語訳』　宇治谷孟（講談社学術文庫）
『続日本紀（下）／全現代語訳』　宇治谷孟（講談社学術文庫）

ワンポイント
神様講座 9

田村麻呂の刀って残ってるの？

田村麻呂の刀とされているものは、京都府の鞍《くら》馬寺《までら》に奉納された黒漆剣《こくしつけん》、兵庫県の清水寺に奉納された無銘の大刀（三振）、それに田村麻呂の墓とされる木棺墓（西野山古墓）から発見された金装大刀などがあります。その他、田村麻呂の死後、天皇家の重宝「坂家宝剣（坂上宝剣）」として代々受け継がれていたものもあると言われていますが、現在は行方不明になっているようです。

兵庫の清水寺に奉納された大刀は
「騒速《ソハヤ》」だと言われているが、
久能山東照宮にある
「騒速を写した（？）とされる刀」とは、
全く違う形なのだぞ。
はてさて真相は……。

※太刀とは平安時代以降の反りがある刀を指すため、それより古い直刀（またはごく浅い反り）の刀には大刀の字を使います。

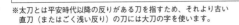

あとがき

二〇一三年の十二月に、神様の御用人シリーズの一巻は発売されました。タイトルに「1」という表記がないように、決してシリーズ化前提ではなく、むしろ私は、世の中に神様モノの小説なんてたくさんあるのだから、これもきっと埋もれて消えるんだろうな……くらいに思っていたのです。

それから七年と少しが経《た》ちました。

まさか十巻を迎え、豪華キャストのドラマCDまで出ることになるとは。

人生何が起こるか本当にわからないものですね。

（ここからネタバレ）

九、十巻の内容については、神様講座でも補足したのですが、できなかった部分について少しだけ。まず坂上田村麻呂《さかのうえのたむらまろ》についてですが、作中では、阿弖流為《あてるい》たちの処刑後、人が変わったように荒れてしまったとしている彼ですが、実際は最後まで朝廷に尽くした忠義の人だったようです。それは死後の扱われ方を見てもあきらかですね（神様講座参照）。阿弖流為《あてるい》との関係がどうだったのか、本当のところはよくわかりません。しかし阿弖流為《あてるい》と母礼《もれ》が他の誰でもなく「田村麻呂に」降伏を願い出たこと、そして田村麻呂が彼らの助命を願ったこと、この記述が事実であれば、彼らの間には何らかの信頼関係があったのではと思えてなりません。ちなみに御用人シリーズをコミカライズしてくださったユキムラさんは、「たむらまろさん」というまさに田村麻呂を主人公にした漫画をお描きになっていますので、血なまぐさくない、戦とかしない、ゆるくて平和で、綿麻呂《わたまろ》とわちゃわちゃする田村麻呂の日常が見たい方は、そちらがおすすめです。阿弖流為《あてるい》と母礼《もれ》もちょっとだけ出ています。

そして今回キーパーソンとなった聡哲《そうてつ》は、叙任されたことの記録くらいしか残っていません。しかし枚方《ひらかた》にある阿弖流為《あてるい》と母礼《もれ》の首塚を訪ねたとき、すぐ近くに百済王氏《くだらのこにきし》の本拠地があると知り、この役目を任せられるのは君しかいない！　と出演をお願いしました。ちょうど某新聞に、新撰組《しんせんぐみ》局長近藤勇《こんどういさみ》の首の行方について書かれたメモが、彼の愛刀の鞘《さや》に貼り付けてあるのが発見された、というニュースが出た頃でした。刀だけが事実を知っているって、浪漫《ろまん》ですよね。

前巻から出てきた国之常立神《くにのとこたちのかみ》についてですが、実のところどういう神様なのかはよくわかっていません。古事記では別天津神《ことあまつかみ》の次に生まれた、神世七代の最初の神とされていますが、生まれてすぐ姿をお隠しになった（姿を現さなかった）としか書かれていないのです。ですので、作中では滅びと再生を見届ける神様として扱っていますが、そのような逸話があったわけではなく、あくまでも創作としてお楽しみいただければと思います。ただ、今でも一部の神道などでは重要視されている神様であることは間違いありません。大主神社のモデルになった神社にも、鎮座しておられます。

実は八巻を出した後に、私のデビュー作から一緒に走ってくれていた担当編集さんが定年退職となりました。新しい担当さんと引継ぎをされ、私もご挨拶していたのですが、いざ蓋を開けてみたら「退職やめました」(!?)ということで、十巻までお付き合いいただいております。これには本当に、私も新担当さんも助けられました。シリーズの最初から見守ってくださった方ですから、安心感が違います。しかしながら、この度十巻を見届けて改めてご退職となり、このコロナ禍《か》の中で満足に送別会もできなかったため、最後に一言お願いしますと、無理矢理コメントをいただきました。

担当編集S氏コメント：浅葉《あさば》さんとは、電撃小説大賞を受賞されてから十年間、担当編集者としてお付き合いさせて頂きました。デビュー作の『空をサカナが泳ぐ頃』から十四冊、毎回長い時間打ち合わせをし、ときには取材に同行させて頂き、浅葉さんの作品づくりのお手伝いができたことを嬉《うれ》しく思っています。

個々の作品について思い出はたくさんありますが、いつも驚かされたのは、執筆の際に徹底的に資料を調べる浅葉さんの姿勢でした。浅葉さんが描き出す小説の魅力のひとつである奥深さは、その徹底した下準備によるものといえます。そして、『神様の御用人』はその力が最大限に発揮されたシリーズでした。しっかり構築された土台の上で展開する、良彦《よしひこ》や黄金《こがね》、神様たちの笑いと涙に溢《あふ》れた物語は、浅葉ワールドの魅力がぎっしりと詰まっています。

今回、その完結編を編集部に在籍する最後に見届けることができ、とても幸せでした。これからは、編集者としてではなく一人の読者として、浅葉さんが紡ぎ出していく作品を楽しみにしていこうと思っています。皆さま、どうかこれからも浅葉なつを応援よろしくお願い致します。

京都で打ち合わせをして、駅ビルから一歩も出ずに東京に帰ったり、岡山まで来たのにチェーン店のうどんを食べて帰るだけだったり、大変申し訳ない扱いになってしまったこともあった担当Sさん……（本当にすみません）。御用人シリーズは、そんな担当さんのお力があってこそのものだと、読者の皆様にも伝われば幸いです。本当にお疲れ様でした。そしてありがとうございました。

今回も表紙はくろのさんが、もうため息が出そうなほど素晴らしいイラストを描いてくださいました。……が、ここに辿《たど》り着《つ》くまでがとても長かったです（笑）。私と編集側で見事に意見が割れてしまい、御用人史上一番揉《も》めたかもしれません。二巻を並べてひとつの絵にしたいと私が言い出したばっかりに、くろのさんを随分悩ませてしまって本当にすみません……。でも仕上がったイラストは期待以上で、やっぱりここで応えてくださるのがくろのさんだよなぁと、しみじみ思いました。御用人の表紙は必ずどこかに鳥居が入っているのですが、今回雰囲気的に九巻は難しいかなと思っていたら、ばっちり入っていました。（天才かよ。）ちなみに十巻の特装版にもちゃんと鳥居があります。（天才だ間違いない。）このシリーズは、本当にくろのさんのイラストなしでは語れないものです。十巻までお付き合いいただきましてありがとうございました……！　何度御礼《おれい》を言っても足りないと思っているので、ソーシャルディスタンスで言いに行きますね。そして相変わらず浅葉の本を送りつけられているアンラッキーズと、家族親戚ご先祖様にも、心からの感謝を。

今お読みいただいているこの十巻をもって、神様の御用人シリーズは一旦の区切りとなります。続編については、とりあえず番外編を書こうと思っている、ということだけお伝えしておきます。その他についてはまだまだ未定です。

最後になりましたが、この本を手に取ってくださったあなたと、このシリーズに携わってくださったすべての関係者の皆様に、神様との良いご縁がありますように。

これから先の人生で、ふと神社が目についたり、道端に小さな祠《ほこら》を見つけたりしたとき、このお話と神様のことを、少しでも思い出していただけたら幸いです。パワースポットとご利益だけではない神様のこと、知っていただけると嬉しいです。

良彦と黄金の物語を最後まで見届けてくださって、心より御礼申し上げます。

それではまたいつか、お会いしましょう。

二〇二一年　一月某日　初詣で見上げた空に平穏を願って　浅葉《あさば》なつ

至らないところも多々ありましたが
10巻まで描かせて頂けてよかったです!
本当にありがとうございました!!

くろのくろ

後々

「師匠？」

昼下がりの境内で、学校帰りの彼はその姿を探して歩いていた。首からふわりと繋がる緑青色の緒が、彼の持つ小さな冊子に繋がっている。

「師匠いないの？」

ちょうど参拝客が途切れた時間帯で、境内に人影はない。本宮を覗き込み、大天宮を見回り、どこにも師匠の姿がないとわかると、がっかりしてため息をついた。

「なんだ、今日も面白い話聞かせてもらおうと思ってたのにな……」

学校から帰ってきてそのままやって来た彼は、制服姿のまま空を仰ぐ。特に約束をしていたわけではないが、だいたいこの時間は昼寝をしているか、社務所に入り込んでおやつを食べているかなので、簡単に捕まえられると思っていた。

「父さんもいないし……。どこに行ったんだろう」

少年は渋々社務所に戻って、そこにいた母親に行方を訊く。

「ああ、それならきっと、一緒に甘いものでも食べに行ったんじゃないかな……」

おっとりした母は、意外と鋭いところがあって、特に父と師匠のことなら本人たちよりよくわかっているところがある。隠し事など、おそらく一切できないのではないだろうか。

「どこに？」

師匠が甘いもの好きであることは知っていたが、自分を置いて二人で食べに行くとは、なんだか仲間外れにされたようでつまらない。帰ってくるまで待っていてくれたらいいものを。

母は少し思案するような素振りをして、行き先を予想する。

「そうね、今日はきっと……抹茶パフェかな」

<初出>

本書は書き下ろしです。

この物語はフィクションです。実在の人物・団体等とは一切関係ありません。

◇◇メディアワークス文庫

神様《かみさま》の御用人《ごようにん》10

浅葉《あさば》なつ

2021年3月25日　初版発行

発行者　青柳昌行
発行　株式会社KADOKAWA
〒102-8177　東京都千代田区富士見2-13-3
0570-002-301（ナビダイヤル）
装丁者　渡辺宏一（有限会社ニイナナニイゴオ）
印刷　株式会社暁印刷
製本　株式会社ビルディング・ブックセンター

ISBN978-4-04-913598-5 C0193

メディアワークス文庫　https://mwbunko.com/

本書に対するご意見、ご感想をお寄せください。

あて先
〒102-8177　東京都千代田区富士見2-13-3
メディアワークス文庫編集部
「浅葉なつ先生」係